AF354365

Robert Kohlrausch

Das Geheimnis des Wassers
(Kriminalroman)

e-artnow 2018

Edgar Wallace
Edgar Wallace-Krimis: 78 Titel in einem Band

Arthur Conan Doyle
Sherlock Holmes: 40+ Kriminalomane & Detektivgeschichten

Siegfried Bergengruen
Die Puppen des Maharadscha (Mystery-Krimi)

Levin Schücking
Eine dunkle Tat (Historischer Kriminalroman)

Levin Schücking
Märtyrer oder Verbrecher? (Krimi-Klassiker)

Auguste Groner
Der rote Merkur (Wiener Kriminalroman)

Dietrich Theden
Menschenhasser (Kriminalroman)

Robert Kohlrausch
Am toten See (Kriminalroman)

Ravi Ravendro, Hans Herdegen
34. Bruton Street (Detektivroman)

Robert Kohlrausch
Im Haus der Witwe (Kriminalroman)

*Robert Kohlrausch*

# Das Geheimnis des Wassers (Kriminalroman)

**Das Rätsel um Erna Herterich**

e-artnow, 2018
Kontakt: info@e-artnow.org
ISBN 978-80-273-1937-4

# Inhaltsverzeichnis

# Erstes Kapitel

»Komm, komm, Schatz, laß uns noch einmal die Sache in Ruhe durchsprechen. Du bist ja doch mein Liebstes auf der Welt. Und ich wiederhole nur: Verdacht ist noch kein Beweis.«

»Gewiß nicht! Aber mein Gefühl sagt mir —«

»Gefühle sind wunderschön, — zwischen uns beiden zum Beispiel. Aber sie sind gefährliche Ratgeber. Einem Verbrechen gegenüber darf man sich nur an Tatsachen halten.«

»War' meine Begegnung im Garten denn keine Tatsache? Zuerst erschien sie mir ja selbst ganz harmlos, bevor ich wußte, was geschehen war. Aber hinterher, — mein Gott, ich habe doch das fortgeworfene Fläschchen ganz deutlich fallen hören.«

»Aber nicht gefunden.«

»Freilich nicht! Aber den Klang des fallenden Glases kann ich beschwören.«

»Einen Ton kann man bekanntlich nicht vor Gericht stellen. Also laß dich nicht fortreißen, Erna, durch dein Gefühl. Um deiner selbst willen muß ich dich warnen.«

Rechtsanwalt Siemens und seine Braut waren es, die so sprachen. Seine Stimme war bittend, als er wieder begann:

»In der Hauptsache sind wir vollkommen einig, und ich kann es nachfühlen, wie sehr dich die Verdächtigung einer Unschuldigen aus dem Gleichgewicht gebracht hat. Wir haben das alles ja wieder und wieder nach jeder Seite hin durchgesprochen und haben beschlossen, vorläufig noch zu schweigen. Schon darum, weil wir keinen zwingenden Schuldbeweis haben. Mir ist nach allen Umständen eine geheime Liebesaffäre das Wahrscheinlichste.«

»Wer aber soll denn schuld sein an dem Verbrechen?«

»Vielleicht jemand, an den heute noch kein Mensch denkt. Wäre dein Verdacht aber wirklich berechtigt, so lastete der Vorwurf einer großen Unvorsichtigkeit auf dir, Schatz, der Vorwurf, auch dort schon, wo du nur Verdacht hattest, ihn drohend und leidenschaftlich ausgesprochen zu haben.«

»Du hast recht, Liebster, ich bin selbst ärgerlich über mich. Und ich kann zur Entschuldigung meiner Torheit nur anführen, daß mein Gefühl mich fortriß. Es galt ja nicht einmal so sehr dem Verbrechen an sich; um den Ermordeten mag das Gericht sich kümmern. Aber diese schändliche Verleumdung einer Unschuldigen —«

»Ich kenne dich, Erna, und ich verstehe dich ganz. Du hast gewarnt, wo du hättest sicher machen sollen, und glaube mir: wer einen Mord auf sein Gewissen lädt, scheut auch nicht vor einem zweiten Verbrechen zurück, um sich vor seinen Folgen zu schützen. Und noch dazu jetzt, in heutiger Zeit, ich bitte dich! Wie viele Menschen wissen denn gegenwärtig noch, was gut und böse, was recht und unrecht ist?«

»Wir müssen es tragen. Ich halte mich fortab an unsere Verabredung, aber das Geschehene kann ich nicht ändern. Ich habe mich von meinem Herzen treiben lassen, und es hat mich bisher immer sicher geführt. Ich muß das Rechte tun, — das, was ich dafür halte wenigstens — ohne das kann ich nicht leben.«

»Du machst mir Angst und Freude zugleich, Erna. Dies impulsive, warme Gefühl ist es ja gerade, was dir mein Herz gewonnen hat. In dieser Zeit ein so tapferes, gerades Wesen sein zu nennen, ist ein hohes Glück. Aber nun bewahre mir auch dieses schöne Glück. Sei vorsichtig und achtsam, schone dich und erhalte dich für uns beide. Versprich mir das, Erna!«

Sie nickte nur stumm, und noch fester zog er sie zu sich heran. Dann aber fiel sein Blick auf den Regulator an der Wand, und er machte sich eilig los.

»Mein Gott, ich muß gehen! Es ist ja schon elf Uhr vorüber. Ich muß aufs Gericht.«

»Schon? — Ach, die Minuten fliegen, wenn du bei mir bist, und sie schleichen auf Krücken, wenn ich dich nicht sehe.«

»Wäre es dir lieber, wenn ich untätig wäre?«

»Wann sehen wir uns wieder?«

»Sobald wie möglich, du weißt es.«

»Leb' wohl, du Lieber!«

Einen Arm um seine Schultern legend, ging sie neben ihm bis an die Tür. Im Gehen sagte sie:

»Wenn wir nur erst Nachricht von Berta hätten! Drei Tage sind es doch beinahe schon, und sie hat noch nicht geschrieben.«

»Vielleicht ist es besser für sie, wenn sie noch schweigt. Goethe sagt, geschriebene Briefe wären unsere größten Feinde.«

»Das Wort hat in diesem Zusammenhang einen sehr ernsten Sinn. — Leb' wohl!«

Er ging aus der Tür. Erna horchte noch ein paar Sekunden lang auf seine verhallenden Schritte, dann wandte sie sich langsam in das Zimmer zurück. Sie setzte sich nicht sondern begann auf und ab zu gehen. Seine Mahnung zur Vorsicht kam ihr in den Sinn und wirkte stärker als in seiner Anwesenheit. Ja, sie hätte klüger handeln können; sie hatte vielleicht eine gefährliche Feindschaft gegen sich erzeugt. Aber nun wollte sie auf der Hut sein, seiner Bitte folgen und sich schonen für ihn, der ihres Lebens ganzer Inhalt war, der ihr alles ersetzte, was der Tod ihr genommen hatte; Vater und Mutter und ihn, den einzigen Bruder, der für sie so gut wie tot war.

Die gewonnene Klarheit über die Richtung ihres Tuns hatte sie ruhiger werden lassen. Da wurde leise die Tür geöffnet, und ihre getreue Haushälterin kam herein, ihr einen Brief zu reichen.

Während sie wieder hinausging, warf Erna rasch einen Blick auf den Umschlag des Briefes. Er war mit Schreibmaschine geschrieben, also vermutlich etwas Geschäftliches. Gleichgültig hob sie nun ein blankes Falzbein vom Schreibtisch auf und öffnete langsam den Umschlag. Auch der Brief selbst zeigte Maschinenschrift; aber sobald Erna nur ein paar Worte gelesen hatte, trat angstvolle Spannung auf ihre Züge.

»Auch das noch!« sagte sie leise, mit einem tiefen Seufzer vor sich hin. Dann las sie noch einmal:

*Geliebte, treue Helferin!*

*Du wirst erschrecken, wenn ich Dir sage, daß ich für kurze Zeit wieder in Deiner Nähe bin. Aber ich muß Dich sehen und sprechen um jeden Preis. Ich habe für unser Zusammensein einen Ort ausersehen, wo wir sicher sind. Ich selbst hause dort für diese wenigen Tage bei Hildes früherer Jungfer, die, wie Du weißt, einen leider sehr liederlichen Müller namens Holsten geheiratet hat. In seiner dicht am Fluß in der Auenstraße Nr. 25 gelegenen, verfallenen Mühle bitte ich Dich, mich morgen (Dienstag) abend um neun Uhr zu treffen. Es ist keine schöne Gegend, aber ich habe Dir eine sichere Führerin besorgt; ein altes Weib wird auf Dich an der Ecke der Gerberstraße warten; die Müllersleute selbst werden fortgehen, damit wir ungestört sprechen können. Sie glauben, es handelt sich um ein Stelldichein, Du kommst ihnen überhaupt nicht vor die Augen. Ich beschwöre Dich, komm! Du hast mir einmal schon in großer Not geholfen, Du wirst mir wieder helfen, ich vertraue darauf. Sage niemandem, aber auch niemandem! von diesem Brief und komm.*

*In treuer Liebe*

*Dein Bruder Ali.*

So klang es und bat es vom toten Papier herauf in ihr warmes, lebendiges Herz. Und eins fühlte sie dabei gleich mit voller Sicherheit: sie würde diesem flüchtig durch sein Vaterland irrenden Bruder helfen, wenn es irgend möglich war, wie sie das früher schon getan hatte. Sie konnte nicht vergessen, was er ihr in den Tagen der Kindheit gewesen war. Sie glaubte nicht an das Verbrechen, dessen man ihn beschuldigte, an seine Mitwirkung bei der politischen Mordaffäre. Unglückliche Zufälle nur hatten dahin führen können, daß man ihn für schuldig hielt. Ein hartes Urteil, der Tod vielleicht wartete seiner, wenn man ihn ergriff. Nein, sie mußte helfen, wenn zu helfen war.

Aber neben diesem Gefühl standen Sorge, Not und Angst als häßliche Genossen. War er auch sicher in der wüsten Behausung dieses Müllers, von dem er selbst sagte, daß er liederlich und heruntergekommen sei? Nur einmal vor Jahren war sie bei der früheren Jungfer ihrer Kusine dort in der außer Betrieb gesetzten Mühle gewesen, die mit ihren finsteren Räumen halb in den großen Fluß hineingebaut war, sodaß man sein Wasser durch die Spalten im Fußboden sehen, sein drohendes Rauschen in jedem Winkel der alten Baracke vernehmen konnte.

Sie mußte gehen, gewiß. Aber daß es gerade dieses düstere Bauwerk war, wohin sie gehen sollte, das ließ trotz ihres natürlichen Mutes einen frostigen Schauder über ihren Körper gleiten. Wenn sie nur jemanden hätte befragen können! Ihr Herz wies nach Siemens und seinem ruhigen, stets das Rechte treffenden Urteil. Er wußte von diesem Bruder und der Gefahr, in der er beständig schwebte; durfte sie da nicht auch jetzt seinen Beistand erbitten? Aber mit immer stärkerem Nachdruck tönten als Antwort auf ihre Frage die Worte des Briefes in ihr Ohr: *Sage niemandem, aber auch niemandem von diesem Briefe!* Nein, sie mußte dem dringenden Gebote gehorchen, mußte schweigend handeln auf eigene Gefahr.

Um sich von ihren ängstlichen Gedanken möglichst abzulenken, begann Erna schon zeitig die Vorbereitung für ihren abendlichen Gang. Vor allem suchte sie zusammen, was an Geld im Hause war, und packte es zusammen in ein kleines Paket, um es auf ihrer Brust unter Kleid und Mantel zu verbergen.

In wachsendem Bangen verging ihr der Tag. Fröstelnd fuhr Erna mitunter zusammen, aber es war mehr die wachsende Aufregung als Kälte, was ihr in dem wohldurchwärmten Zimmer solchen Schauder in den Adern weckte. Stärker und stärker wurde bei dem untätigen Warten die Sehnsucht nach ihrem Verlobten und einem guten, klugen Worte von ihm. Zuletzt — es war schon sieben Uhr — ertrug sie es nicht mehr und beschloß, dem Brief und seiner Mahnung zum Trotze doch noch Siemens aufzusuchen und ihn um seinen Rat, vielleicht auch um seine Begleitung zu der düsteren Mühle zu bitten.

In dem Gefühl, doch nichts genießen zu können, hatte sie der Haushälterin schon vorher gesagt, sie sei zum Abendbrot eingeladen, und hatte sie für einen um sieben Uhr beginnenden Adventistenvortrag beurlaubt, an dem, wie sie wußte, die religiöse Seele der alten Dienerin hing. —

Das Haus, in dem ihr Verlobter seine Wohnung hatte, lag im älteren Teile der Stadt, in einer hohen, stark bevölkerten Mietskaserne, die Siemens an sich niemals angelockt haben würde; doch für seine Praxis war diese Gegend günstig.

Erna schaute von weitem schon zu dem zweiten Stockwerk des Hauses hinauf, um zu sehen, ob nicht ein freundlicher Lichtschein aus den Fenstern des Geliebten sie grüßte; doch sie sah dort in der graugelben Wand nur schwarze Fenstervierecke. Trotzdem ging sie die beiden Treppen hinauf, und klingelte an der von keinem dienstbaren Geiste bewachten Jungesellenwohnung; tiefe Stille nur gab ihr da drinnen Antwort. Eine kleine Weile wartete sie, läutete noch einmal und wartete wieder, um sich dann mit einem Seufzer loszureißen und langsam die Treppe hinunterzugehen. Es war vergebens, ihr Verlobter war fort, sie mußte seinen Schutz und Rat entbehren. Mit fatalistischem Gefühl aber murmelte sie: »Wenn es nicht sein soll, ist es vielleicht besser so.«

Der Mißerfolg hatte sie merkwürdigerweise mehr beruhigt als enttäuscht. »Es ist wohl besser so« sagte sie noch ein paarmal vor sich hin.

Das Wetter war womöglich noch unfreundlicher geworden, und auf dem Wege zum Flusse hatte Erna gerade gegen den beinahe schwülen Wind anzukämpfen, der sie erbarmungslos traf. Die Hand auf das an ihrer Brust verborgene Geld gepreßt, ging sie rasch ihren einsamen Weg. Er wurde das mehr und mehr, je weiter sie kam. In den belebteren Straßen war ihr noch ab und zu ein Mensch begegnet, aber Menschen und Lichter wurden seltener, je mehr sie sich der Mühle näherte. Der abschüssige, mit einem glatten Schlamm überzogene Boden zeigte, daß der Fluß jetzt nicht mehr fern war. Aus den rotverhangenen Fenstern baufälliger Schifferkneipen drang trunkener Gesang und ließ Erna die Schritte noch mehr beschleunigen. Mühsam entzifferte sie die Namen der Straßen, durch die sie ging; bis sie die Gerberstraße fand.

Vergeblich schaute Erna an der Straßenecke nach der ihr verheißenen Führerin um. Alles war leer und stumm; nur das Heulen des Windes und mitunter ein abgerissener Laut aus einer der Kneipen unterbrachen die lastende Stille. Rasch ging Erna die Straße hinunter; sie war nicht lang; unten am Ende wurde sie von einer anderen gekreuzt. Beide waren sehr matt von ein paar vereinzelten Lampen beleuchtet, aber soviel war für Erna doch erkennbar, daß auch an der anderen Ecke keine Frauengestalt auf sie wartete. Zögernd, mit verlangsamten Schritten ging sie trotzdem bis dorthin, aber sie war im stillen schon entschlossen, umzukehren und von dem abenteuerlichen Unternehmen abzulassen, wenn die versprochene Führerin nicht käme.

So war sie zur unteren Straßenecke gelangt und schaute nun stehenbleibend nach beiden Seiten aus. Plötzlich erklang nahe hinter der Umherspähenden ein rasches, taktmäßiges Aufstoßen wie von einem Stocke, zugleich der Ton eilig schlürfender Füße. Sich umwendend, sah sich Erna der tiefgebückten, auf einen schweren Stock sich stützenden Gestalt eines alten Weibes gegenüber, das wohl aus einem der Hauseingänge gekommen sein mußte. Doch blieb ihr keine Zeit, sie genauer zu betrachten; denn sie fühlte sich unvermutet mit wütender Heftigkeit am Arme gepackt, und in zischender Bosheit kam es von den Lippen des Weibes: »Hab ich dich!«

Erna versuchte, sich von der umklammernden Hand freizumachen, und rief mit angstvoller Stimme: »Wer sind Sie? Was wollen Sie von mir?«

Und merkwürdig — als ob eine besänftigende Kraft in ihrer Stimme läge, so löste sich plötzlich der Griff der Alten, sie sank tiefer in sich zusammen und stützte sich fester auf ihren Stock. Zugleich verwandelte sich nun der Ton ihrer Worte, wurde bittend und weinerlich.

»Oh, seien Sie mir nicht böse, Fräuleinchen. Das war ja nur ein dummer Irrtum. Ich hatte Sie nicht ordentlich gesehen, da hielt ich Sie für meine Enkelin. Das ist ein liederliches Frauenzimmer, das abends auf den Straßen umherstreift und ihrer alten Großmutter nur Kummer macht. Eine Verwechslung war es, nichts als eine Verwechslung. Also nicht böse sein, Fräuleinchen!«

»Ich habe nichts mit Ihrer Enkelin zu tun. Wenn Sie mir also nichts weiter zu sagen haben —«

»Doch, doch! Ich wüßte wohl noch etwas für Sie: wenigstens wenn Sie die Dame sind, — ich soll eine Dame hier treffen und sie führen, wohin sie gern gehen möchte. Du lieber Gott, ich war auch einmal jung und weiß, wie gut es tut, einen lieben Menschen so still und im Verborgenen zu treffen. Er wartet schon —«

»Sagen Sie mir, wohin Sie mich führen sollen, dann weiß ich, ob ich mich Ihnen anvertrauen kann.«

»Freilich können Sie das, natürlich können Sie das. In die Mühle soll ich sie ja führen, hier in der Auenstraße, — oh, Sie werden schon wissen.«

»Ich weiß allerdings. Und wenn Sie wirklich die mir geschickte Führerin sind, so kommen Sie schnell.«

»Freilich! Er wartet ja schon, der Herr.«

Ohne weiter zu sprechen, schlug Erna die Richtung ein, die der Stock der Alten ihr wies, und ging neben ihr so rasch vorwärts, wie der Wind es gestattete. Die Straße, die sie verfolgten, lief parallel nahe dem Flusse dahin; die Wasserseite war nur zum Teil bebaut; schiefe Baracken wechselten hier mit Holzlagerplätzen und Werkstätten.

»Da wären wir, Fräuleinchen,« sagte die Alte endlich mit leiser Stimme, während sie rechts auf ein Bauwerk deutete, das ebenso dunkel und ebenso verfallen wie die vorhergehenden dastand.

Erna blieb einen Augenblick zögernd stehen. »Das Haus ist ganz dunkel. Wenn ich erwartet werde, warum brennt kein Licht?«

»Es brennt schon Licht,« begütigte das Weib »man kann es nur von hier aus nicht sehen.«

Gleichzeitig öffnete sie die Tür, und nun drang wirklich ein matter Lichtschein aus dem Innern hervor, der Erna Mut machte, das unheimliche Bauwerk zu betreten. Die Tür wurde von der Alten gleich hinter ihr wieder geschlossen. Das matte Licht einer kleinen Petroleumlampe beleuchtete den Raum, in dem sie sich befanden, und während Erna sich darin umschaute, sah sie, daß es der gleiche war, in dem sie vor Jahren einmal gewesen war. Und eine Bestätigung dafür gab ihr das laute Rauschen des Flusses, der unter den morschen Planken des Bodens dahinschoß.

Von einem Grausen geschüttelt, sagte sie mit krampfhafter Stimme:

»Hier ist niemand. Ich sollte ja doch erwartet werden.«

»Gewiß, gewiß, Geduld! Sehen Sie das Licht nicht in der Tür da gegenüber? Dort ist er.«

Sie zeigte mit ihrem Stock auf eine schmale Tür gegenüber vom Eingang, in der ein kleines Oberlicht wirklich einen Lichtschein erkennen ließ.

»Dort hinein soll ich gehen?«

»Freilich, freilich! Lassen Sie den Herrn doch nicht warten. Nur immer geradeaus!«

Ein Zaudern von einer Sekunde noch, dann ging Erna dem winkenden Lichtschein in der Tür mit raschem Schritt entgegen. Plötzlich aber klang ein furchtbarer Schrei durch den Raum. Ein Krachen von Holz, ein dumpfes Aufrauschen des Wassers ertönte als häßliches Echo, — der Platz, auf dem Erna zuletzt gestanden hatte, war leer. Aber an seiner Stelle hatte sich ein schwarzes, viereckiges Loch im Fußboden aufgetan, und lauter noch als zuvor drang die grausame Stimme des Flusses aus der Tiefe. Nahe an dieser Öffnung trat nun das alte Weib heran, schaute gespannt hinab und murmelte befriedigt: »Gut, gut ist's gegangen, — so war es recht!«

Bei diesen Worten hob sich ihre Figur plötzlich aus der gebückten Haltung empor und straffte sich zu jugendlicher Höhe. Sie warf den Stock von sich und holte einen Bootshaken herbei. Dann kniete sie nieder neben dem schwarzen Viereck im Boden, beugte sich hinab und fügte den Eisenhaken in einen Ring an der dort niederhängenden Falltür, die sie damit in die Höhe zog. Dann schob sie zwei schwere Riegel wieder vor, und nun lag der Boden wieder fest und geschlossen da. Sie prüfte zuerst noch vorsichtig mit einem Fuße, dann mit ihrem ganzen Körpergewicht den Verschluß und nickte befriedigt.

Dann trug das plötzlich verjüngte Weib den Bootshaken in seinen Winkel zurück, löschte das Licht in dem völlig leeren Zimmer nebenan, dann auch die kleine Lampe im vorderen Raum. Im Dunkeln tappte sie sich zur Tür, öffnete, trat hinaus und schloß hinter sich gleich wieder ab.

Wohl eine Stunde lang war in dem düsteren Räume nichts lebendig. Dann wurde die Tür wieder aufgeschlossen, der Schritt von vier Füßen erklang auf dem Boden, ein Mann machte Licht und sagte zu der mit ihm eingetretenen, den Regen von ihren Kleidern schüttelnden Frau: »Na, sie scheinen ja fort zu sein. Einen Besuch, der so gutes Geld einbringt, kann man sich schon gefallen lassen. Wir haben wenigstens einen vergnügten Abend gehabt — hoffentlich haben sie sich auch gut amüsiert.«

# Zweites Kapitel

Eine Nacht war hingegangen, seit Erna den Weg ins Verderben gemacht hatte. Jetzt war wieder neues Licht in der Welt, und es fiel auch in das Amtsgemach des Kriminalrats Dr. Karl Berninger. Er saß an seinem Arbeitstisch, auf dem ein offenes Aktenheft vor ihm lag. Ein zur Protokollführung bestimmtes, ältliches Männchen mit einem klugen, kahlen Kopfe beugte sich über einen anderen in der Nähe stehenden Tisch und studierte im Strafgesetzbuch.

Jetzt richtete Berninger an seinen Adlatus Naumann eine Frage: »Haben Sie gesehen, ob unsere Plakate schon angeschlagen sind?«

»Jawohl, Herr Doktor! Die Leute stehen bereits in Haufen davor. Aber ob die Plakate diesmal mehr einbringen werden als falsche Bekundungen —«

»Wir müssen es abwarten. Die Haverland hat einen Vorsprung von ein paar Tagen; sie hat sich schon in Sicherheit bringen können. Ich bin eben dabei, den Fall van Berg nach Ihrem Protokoll noch einmal durchzugehen. Die Sache liegt anscheinend sehr einfach. Durch die Flucht hat sich diese Haverland eigentlich selbst schon ihr Urteil gesprochen.«

Herr Naumann antwortete nur mit einer Neigung des Kopfes, in der sich ein wenig Zweifel aussprach. Berninger aber wandte sich wieder seinem Aktenstudium zu.

Ja, so war es: Im Villenvorort Heide war vor drei Tagen abends Herr Christian van Berg mit Morphium vergiftet worden. Er war schon längere Zeit schwer leidend gewesen, wenn er auch seine — vielleicht nicht ganz einwandfreien Geldgeschäfte bis kurz vor seinem Tode vom Krankenlager aus fortgeführt hatte. Jeden Abend bekam er eine ziemlich starke Dosis Morphium in Wasser, um seine Schmerzen für die Nacht erträglich zu machen. Die Tropfen waren ihm bis vor einiger Zeit von seiner Frau Hilde, geborenen Urban, regelmäßig persönlich gereicht worden; seit ein paar Wochen hatte sie jedoch dieses Amt ihrer Gesellschafterin, Fräulein Berta Haverland, übertragen. Sie selbst hatte sich ihrer Angabe nach die Nerven durch die lange Krankenpflege völlig ruiniert, und so hatte sie begonnen, gegen Abend ausgedehnte Spaziergänge zu machen. Auch an dem Abend, als ihr Mann starb, war sie nicht zu Hause gewesen und erst wiedergekommen, als er schon tot war. Der Kranke hatte während ihres Fortseins Besuch von einer ihrer Verwandten, Fräulein Erna Herterich, gehabt. Beim Fortgehen Fräulein Herterichs hatte der Diener die Gesellschafterin rufen müssen, weil sie sich von ihr verabschieden wollte. Fräulein Haverland war im großen Gartenzimmer gewesen, als der Diener sie suchte; gerade hatte sie dort aus einem kleinen Wandschrank das Morphium-Fläschchen herausgenommen und neben einem Glas mit Wasser auf den Tisch gestellt. In Begleitung des Dieners war Fräulein Haverland auf den Flur hinausgegangen und hatte dort ein paar Minuten lang mit Erna Herterich gesprochen, die dann das Haus verlassen hatte.

Als Berninger so weit im Lesen gekommen war, machte Naumann eine der Bemerkungen, die den Vorgesetzten immer aufs neue überraschten.

»Die paar Minuten, in denen Fräulein Haverland mit Fräulein Herterich auf dem Flur draußen sprach, standen Wasserglas und Morphiumtropfen unbeaufsichtigt im Gartenzimmer.«

Berninger lachte. »Mein lieber Naumann, Sie zimmern sich wohl wieder einen Kriminalroman zusammen?«

»Ich denke nur an den Fall Winterstein, in dem die Sache ähnlich lag. Damals kam es gerade noch zu rechter Zeit heraus, daß ein scheinbar Unbeteiligter Gift in das ebenfalls unbeaufsichtigte Glas geschüttet hatte. Sonst hätte man leicht einen Unschuldigen geköpft.«

Ein wenig Mißbehagen war jetzt in Berningers Lachen, als er antwortete: »Die Nürnberger köpfen keinen, sie hätten ihn denn. Wer aber sollte den Mord verübt haben, wenn nicht Fräulein Haverland?«

»Herr Doktor, ich frage nur, wer außer ihr die zu große Dosis des Giftes in das Glas hineingetan haben könnte, bevor sie wieder ins Gartenzimmer kam und es holte?«

»Mein lieber Naumann, Sie werden heute wieder Herr Phantasus!« entgegnete Berninger.

»Macht nichts. Der Herr Phantasus hat schon ein paarmal mit seinen Phantastereien recht behalten.«

»Soll nicht abgestritten werden! Aber wen haben Sie denn als Mörder *in petto,* wenn Fräulein Haverland unschuldig sein soll?«

»Noch keinen Bestimmten. Ich frage bisher nur, wer es außer ihr getan haben kann? Es waren, von ihr und Herrn van Berg abgesehen, an dem Abend unseres Wissens nur noch drei Personen im Hause; Frau van Berg war ausgegangen, Fräulein Herterich war fort. Blieben also: die Köchin, das Hausmädchen, der Diener, die aber meines Erachtens weniger in Frage kommen. Viel wahrscheinlicher ist mir, daß der Mörder von außen gekommen ist.«

»Von außen?«

»Jawohl, aus dem Garten. Wir kennen doch die Lage des kleinen Vorzimmers. Dann folgt ebenfalls nach dem Garten hinaus, neben dem Vorzimmer der geräumige Flur. Von ihm aus konnte niemand eindringen, weil hier Fräulein Herterich mit Fräulein Haverland sprach. Wohl aber von der anderen Seite des Gartenzimmers.«

»Dort läuft ein schmaler Korridor nach einem Seiteneingang für die Lieferanten.«

»Jawohl, jawohl!« Phantasus war in Feuer gekommen. »Diese Tür wurde nie vor neun Uhr abends geschlossen, wie der Diener bekundet hat. Wer die Gelegenheit genau kannte, für den war es das Werk von ein paar Minuten, hier einzudringen. Er konnte von außen sehen, ob das Gartenzimmer leer war, brauchte nur die Tür des Nebeneingangs aufzumachen und konnte mit einem Griff auch die nahe gelegene Zimmertür öffnen.«

»Das wäre doch ein höchst gefährliches Unternehmen gewesen! An die Sache kann ich nicht glauben, wenn ich sie selbst auch bereits in Betracht gezogen habe.«

Phantasus legte den Kopf auf die Seite: »Das Unternehmen war ziemlich ungefährlich, wenn der Eindringling in irgendeiner Beziehung zum Hause stand, also dort anstandslos aus- und eingehen konnte.«

Berninger lachte: »Ich merke schon, worauf Sie zielen. Ihre Vorbedingung trifft ganz ausgezeichnet auf Fräulein Herterich zu. Sie wußte genau dort Bescheid, konnte nach dem Gespräch mit Fräulein Haverland rasch durch den Garten gehen, die beiden Türen öffnen, das Gift in das Glas tun und so den Mann ihrer Kusine vergiften. So war es gemeint, nicht wahr?«

Naumann legte den Kopf noch ein wenig mehr auf die Seite. »Doch nicht so ganz, Herr Doktor. Der Fall ist möglich, aber nicht wahrscheinlich. Da könnten doch andere Leute noch eher in Frage kommen. Herr van Berg war ein reichlich dunkler Ehrenmann, und sein Tod bedeutet keinen Verlust für die Menschheit. Aber solch ein Mann hatte natürlich unter seinen sogenannten Freunden bittere Feinde.«

»Ach, Unsinn, Phantasus! Machen Sie mir den Kopf nicht wirr. Wir haben in der für eine Schuldlose völlig sinnwidrigen Flucht Fräulein Haverlands einen starken Beweis für ihre Schuld.«

Naumann machte mit Kopf und Schultern eine zweifelnde Bewegung. »Es war kaum wunderbar, wenn sie Besinnung und Überlegung verlor. Sie war von Frau van Berg als Giftmischerin beschuldigt worden. Sie selbst, sehr verehrter Herr Doktor, hatten eine Menge verdächtiger Indizien um sie aufgehäuft, — da muß ein junges Mädchen schon eine hübsche Summe gesunden Menschenverstandes haben, wenn es keine Dummheiten machen soll.«

»Ach was, darum braucht man doch nicht bei Nacht und Nebel zu verduften!«

»Man brauchte es nicht. Aber solche Torheiten können sehr menschlich sein, wenn man sich unschuldig verfolgt fühlt.«

»Unschuldig! — Wer sagt Ihnen denn, daß dies Fräulein Haverland unschuldig ist?«

»Mein Gefühl, Herr Doktor! Ich habe sie genau beobachtet und behaupte: so beträgt sich keine Schuldige.«

Berninger, der ärgerlich aufgesprungen war, ging ein paarmal überlegend auf und ab. Dann nahm er seinen Sitz wieder ein und sagte: »Na, schuldig oder unschuldig, die Person ist uns jedenfalls durch die Lappen gegangen, und wir werden —«

Ein Öffnen der Tür unterbrach ihn, und ein Schutzmann meldete —, daß die Schneiderin Minna Hilsenbeck eine Meldung in der Mordsache van Berg zu machen wünsche.

Berninger gab Auftrag, sie hereinzuführen. »Da geht es los, das Gelaufe nach ausgeschriebenen Belohnungen. Wollen sehen, was diesmal dabei herauskommt!«

Fräulein Hilsenbeck ging mit kleinen Schritten auf Berninger zu: »Hier bin ich doch wohl am rechten Ort, um wegen der ausgeschriebenen Belohnung etwas auszusagen?«

»Allerdings. — Was haben Sie zu berichten?«

»Der Herr Doktor müssen mir gütigst gestatten, zunächst ein paar Worte von mir selbst zu sagen. Ich bin Schneiderin und arbeite für die reichsten Häuser der Stadt. Auch Frau van Berg darf ich zu meinen Kundinnen zählen.«

»Haben Sie für Fräulein Haverland auch gearbeitet?«

»Ich wollte darauf gerade kommen. Das eine muß ich nur noch bemerken, daß ich stets nur nach eigenen, selbstgezeichneten Modellen arbeite, deshalb auch kein Stück aus der Hand gebe, das ich nicht sofort auf den ersten Blick als meine Schöpfung wiedererkenne. — Vor kurzem nun hat Fräulein Haverland sich einen Mantel von mir machen lassen. —«

»Von welcher Farbe war dieser Mantel?«

»Von einem sehr feinen, ganz aparten, dunklen Grau, mit etwas Gelb gemischt. Und ein Besatz befand sich darauf, der einfach aber wirklich außerordentlich geschmackvoll war.«

»Solch ein Mantel wird in der Tat im Zimmer von Fräulein Haverland vermißt. Aber was haben Sie weiter über diesen Mantel zu sagen?«

Minna Hilsenbeck trat stolz ein paar Schritte vor. »Daß ich Fräulein Haverland mit meinen Augen gestern abend in ihm gesehen habe.«

»Gestern abend? Bedenken Sie, was Sie sagen!«

»Ich habe das bedacht, wieder und wieder, seit ich heute früh das Plakat angeschlagen sah. Fräulein Haverland war mir nämlich recht sympathisch, bevor sie dies furchtbare Verbrechen beging. Ich habe mich wohl hundertmal gefragt: Soll ich das Mädchen verderben? Aber ich habe mir dann auch wieder sagen müssen: Die Polizei würde keine so hohe Belohnung aussetzen, wenn sie nicht ihrer Sache gewiß wäre.«

»Wann und wo glauben Sie, Fräulein Haverland gestern gesehen zu haben?«

»Ganz nahe bei meiner Wohnung in der Steintorstraße. Ich war aus gewesen, um meine Freundin zu besuchen, und ging auf meiner Straßenseite. Da kam eine weibliche Gestalt gegenüber auf der anderen Seite hinter mir her und überholte mich. Und sobald sie von einer Laterne hell beleuchtet wurde, fiel mir ihr Mantel in die Augen, und ich hätte beinahe laut aufgeschrien: ›Das ist ja Fräulein Haverland!‹«

»Nach ihrer Schilderung haben Sie die Dame nur von hinten gesehen.«

»Das allerdings, aber es ist kein Zweifel möglich!«

»Sind Sie ihr nicht weiter nachgegangen?«

»Nein! Ich wußte ja damals noch nichts von der Belohnung; außerdem verschwand Fräulein Haverland gleich darauf in einem Hause mir gegenüber.«

»Wissen Sie, wer dort wohnt, und welche Nummer es hat?«

»Nummer 75 ist es, und es wohnen eine Menge Leute darin. Wenn ich aber eine Vermutung äußern darf, — ich glaube, daß Fräulein Haverland wahrscheinlich den Herrn Rechtsanwalt Siemens aufgesucht hat. Ich weiß, daß die beiden einander kennen.«

»Um welche Zeit haben Sie gestern das Fräulein gesehen?«

»Um welche Zeit? Ja, da muß ich mich erst einmal besinnen. Es kann so zwischen sieben und acht Uhr gewesen sein, vielleicht auch schon acht Uhr, — genau kann ich es nicht sagen.«

»Das ist sehr schade. Besinnen Sie sich nur zu Hause noch einmal genau. Für heute will ich Sie nicht mehr weiter bemühen.«

»Kann ich die Belohnung nun gleich mitnehmen?«

»So rasch geht es damit nicht. Nur wenn wir auf Grund Ihrer Angaben die Spur von Fräulein Haverland aufgefunden haben, läßt sich weiter darüber sprechen.«

»Ach so!« Die Schneiderin zeigte den Ausdruck deutlichen Mißvergnügens und empfahl sich, nachdem ihre Wohnung notiert worden war.

»Das ist eine tolle Sache!« rief Berninger, als er mit Naumann wieder allein war. »Die Haverland ist uns vor drei Tagen durchgegangen, und nun ist sie gestern abend noch hier umhergelaufen, hat anscheinend sogar meinem Freund Siemens einen Besuch gemacht. Wie denken Sie darüber, Phantasus?«

»Ich denke, daß ausgeschriebene Belohnungen merkwürdige Resultate zeitigen.«

Ein erneutes Klopfen an der Tür unterbrach ihn. Auf sein »Herein!« erschien Rechtsanwalt Siemens auf der Schwelle, schwarz gekleidet, mit bleichem aber beherrschtem Gesichte.

»Das ist famos!« rief Berninger und stand auf, um seinen Freund zu begrüßen. »Ich hätte Sie zwei Minuten später telephonisch angerufen, Siemens. Sie bringen mir Nachricht von der Vermißten?«

Erstaunen in den Blicken, schaute Siemens ihn an. »Sie wissen schon? Ich komme her, um Nachricht von Ihnen zu hören, wenn es möglich ist.«

»Aber sie war doch gestern abend in Ihrem Büro?«

»Von wem sprechen Sie denn?«

»Von dem uns entkommenen Fräulein Haverland.«

»Von ihr weiß ich nichts. Früher allerdings war sie tatsächlich ein paarmal bei mir wegen eines juristischen Rates, aber wenn sie wirklich gestern abend wieder bei mir gewesen sein sollte, so war sie vergeblich dort. Ich war von sieben bis neun Uhr in einer Sitzung. Nein, ich bin hier in einer mich persönlich sehr nahe berührenden Angelegenheit. Meine Braut, Fräulein Herterich wird seit gestern abend vermißt. Ich habe sie gestern vormittag zuletzt gesehen. Abends hat sie dem alten Fräulein, das ihr den Haushalt führt, Urlaub erteilt, weil sie selbst ihrer Angabe nach eingeladen war. Mir hat sie von einer solchen Einladung nichts gesagt. Als die Haushälterin sie heute morgen wecken will, findet sie Bett und Schlafzimmer leer. Sie ist dann gleich zu mir gestürzt, und ich bin hier, um die Hilfe der Polizei zu erbitten.«

Berninger schüttelte voll Erstaunen den Kopf. »Da hätten wir ja zwei Vermißte, Verschwundene zu gleicher Zeit! — Verzeihen Sie, lieber Siemens, wenn dieser Gedanke zuerst in mein amtliches Gehirn kommt. Für Sie tut mir die Sache natürlich furchtbar leid. Ich sprach Ihr Fräulein Braut ja noch vorgestern bei der Vernehmung in der Sache van Berg. Nicht wahr, Fräulein Herterich ist eine Kusine von Frau van Berg?«

»Allerdings, ihre Väter waren wenigstens Vettern.«

»Und Sie haben gar keinen Anhalt für das Verschwinden Ihrer Braut?«

»Gar keinen!«

»Ich denke, die Sache klärt sich vielleicht noch ganz harmlos auf. Fräulein Herterich kann sich verspätet haben, kann unpäßlich geworden sein —«

In seinen Trostesworten wurde Berninger wieder unterbrochen; diesmal war es das Telephon. Er ging zum Apparat, sprach, hörte, hing den Hörer an seinen Haken zurück und wandte sich dann langsam um. Nun sprach er:

»Mein lieber Siemens —«

»Was ist? Warum sprechen Sie nicht weiter?«

»Mir ist eben eine traurige Nachricht zugegangen. Man hat Ihr Fräulein Braut gefunden, aber —«

»Aber?«

»Nicht mehr am Leben. Aus dem Flusse hat man ihre Leiche gezogen. Der Körper muß unter einen der ausfahrenden Dampfer gekommen sein. Ein Paß in der Tasche des Mantels aber und auch die Kleider selbst lassen über die Persönlichkeit leider keinen Zweifel.«

»Tot!« sagte Siemens mit gesenktem jedoch merkwürdig unbewegtem Gesicht. So stand er einen Augenblick schweigend, um dann den Kopf rasch zu heben. »Ich möchte sie sehen. Wo ist sie?«

»Ich gehe sofort selbst mit Ihnen. Kommen Sie.«

Nach einem flüchtigen Gruß zu Naumann hinüber folgte Siemens dem voranschreitenden Berninger. Drinnen aber hielt Phantasus einen kleinen Monolog. »Donnerwetter! An zuviel Gefühlswärme leidet unser Herr Siemens nicht. Kalt wie 'ne Hundeschnauze!«

# Drittes Kapitel

Siemens hatte mit Berninger vor der im Wasser gefundenen Leiche gestanden und hatte gesehen, wie gräßlich entstellt sie war. Doch auch hier hatte den Rechtsanwalt äußerlich seine Ruhe und Fassung nicht verlassen. Daß die Tote nach ihrer Kleidung und ihren Papieren seine vermißte Braut sei, hatte Siemens bestätigt und sich dann von dem Polizeibeamten verabschiedet.

Jetzt saß er, tief in sich versunken, in seinem Wohnzimmer. Wort- und bewegungslos, die Stirnhaut gekraust, hatte Siemens längere Zeit in sich hineingegrübelt. Jetzt kam eine Störung von außen. Ein Klopfen meldete Besuch, und gleich darauf sah Siemens den Maler Oskar Grothof sich gegenüber.

Den schönen Grothof nannten ihn die Frauen nicht mit Unrecht. Er war ein blonder, großer Mann mit blauen Augen, denen für das Ideal dieses Typus nur die Reinheit fehlte. Sie waren zu wissend geworden im reichlichen Genüsse des Lebens, und auch die glühenden Lippen schienen davon zu sprechen. — Heute war sein Gesicht bleich, und ein darüber gebreiteter Schleier sprach gleich der schwarzen Kleidung von Trauer.

Er begrüßte den Rechtsanwalt, und beide setzten sich und betrachteten einander zunächst schweigend.

Dann begann der Maler konventionelle Worte zu sprechen. »Zuerst muß ich Ihnen mein aufrichtiges Beileid ausdrücken bei dem schweren Verlust, der Sie durch den Tod Ihrer Braut getroffen hat.«

»Vielen Dank!« sagte Siemens, den Kopf neigend, ebenso konventionell.

Wieder saßen die beiden ein paar Atemzüge lang einander stumm gegenüber; dann begann der Maler aufs neue:

»Unser beiderseitiges Geschick ist sich in gewisser Weise sehr ähnlich.«

»In gewisser Weise, —ja.«

»Sie haben Ihre Braut verloren, — das gleiche Schicksal hat mich betroffen.«

»Doch nicht völlig gleich. Fräulein Haverland gilt bisher nur als vermißt.«

»Aber wenn sie noch lebt, wie ich hoffe, warten auf sie Gefängnis und Schande, sobald man sie findet. Und sie muß gefunden werden, wenn ich nicht verzweifeln soll.«

»Sie glauben an Fräulein Haverlands Unschuld?«

»Fester als an irgendetwas anderes auf der Welt.«

»Und was kann ich für Sie tun? Ohne bestimmten Zweck sind Sie doch wohl nicht hierher gekommen?«

»Sie müssen mir helfen, sie zu finden. Ich bitte Sie, mir alles offen zu sagen, was Ihnen über sie bekannt ist. Noch gestern abend, hat man mir auf der Polizei gesagt, soll sie in Ihr Haus gegangen sein. Sie war hier, und ich habe nichts davon erfahren. Das deutet nach meinem bestimmten Gefühl auf eine viel engere Beziehung zu Ihnen —«

Siemens fiel ihm ins Wort. »Sie regen sich unnötig auf, Herr Grothof. Ich kann Ihnen offen sagen, daß Ihre Braut mich ein paarmal aufgesucht und wegen einer juristischen Angelegenheit konsultiert hat.«

»Davon hat sie mir nie gesprochen« fiel Grothof ein.

»Fräulein Haverlands Gründe für ihr Schweigen sind mir unbekannt. Ebensowenig weiß ich etwas über ihr angebliches Hierherkommen gestern abend. Ich befand mich in der fraglichen Zeit in einer Sitzung. Ihre Braut mag hier gewesen sein, ich habe sie nicht gesehen und auch keine schriftliche Botschaft von ihr vorgefunden. Vielleicht handelt es sich übrigens bei. dem Zeugnis über ihr Hiergewesensein auch nur um einen Irrtum.«

Während er sprach, hatte sich Grothofs Gesicht mit immer tieferem Rot gefärbt. Jetzt brauste er los. »Sie denken, daß ich Ihnen diese Märchen glaube? Von gestern abend will ich noch nicht einmal reden, aber das eine kann ich nun und nimmermehr glauben, daß keine sonstigen Beziehungen zwischen Ihnen und meiner Braut bestanden haben. Warum sollte sie mit mir von der juristischen Angelegenheit nicht auch gesprochen haben? O nein, Sie haben etwas ganz anderes mit ihr zu bereden gehabt als das. Über solche Sachen spricht man in juristischen Büros und bei hellem Tage, nicht abends im Dunkeln, im Verborgenen.

Erinnern Sie sich nicht mehr daran, daß ich Sie draußen bei der Villa van Berg einmal mit ihr abgefaßt habe? Sie wurden beide verlegen, Sie machten sich rasch davon, Berta verweigerte mir jede nähere Auskunft. Sie hat ein Geheimnis vor mir, und Sie sind Mitwisser dieses Geheimnisses.«

»Wenn ich es wäre, so würden mein Beruf und mein Amt mir Schweigen auferlegen.«

»Ach, Sie verschanzen sich hinter Ihren Beruf! Aber ich möchte darauf schwören, daß ein berufliches Geheimnis hier nicht in Frage kommt. Ich habe Sie beide beobachtet seit jener Zeit, bin Berta heimlich nachgegangen und habe sie mehr als einmal hier ins Haus treten sehen. Das deutet auf ein persönlicheres Geheimnis hin.«

»Ich glaube, Herr Grothof, Sie beurteilen mich und Ihre Braut in diesem Punkte zu sehr nach sich selbst.« Ein schneidender Ton war jetzt in Siemens' Worten.

»Was wollen Sie damit sagen?« Grothof sprang auf und stellte sich in drohender Größe vor Siemens hin.

»Was die ganze Stadt von Ihnen sagt. Ob Sie wirklich, wie man behauptet, ein Liebesverhältnis mit Frau van Berg unterhalten haben, kann ich nicht wissen. Aber wo Frau van Berg in Gesellschaft, im Theater, in Ausstellungen erschien, waren Sie neben ihr als ihr getreuer Schatten. Das hat sich seit einigen Monaten etwas geändert. In der Gesellschaft sieht man darin lediglich eine kluge Vorsicht; von meiner Braut aber, die ja mit Fräulein Haverland befreundet war, weiß ich, daß anscheinend eine neue Leidenschaft Sie beherrscht. Anscheinend war auch das junge Mädchen in Sie verliebt —«

»Oh, Sie martern mich bis aufs Blut. Sie sprechen von ihr, als ob sie auf immer für mich verloren wäre. Und wenn sie mir auch häufig von einem unüberwindlichen Hindernisse gesprochen hat, das unsere Verbindung hinderte, niemals habe ich ihr das geglaubt. Jetzt gewinnen diese Worte für mich eine fürchterliche Bedeutung. Sie haben zwischen ihr und mir gestanden, haben bestimmenden Einfluß auf sie geübt —«

»Herr Grothof, Sie phantasieren!« Wieder war der schneidende Ton in Siemens' Worten.

»Phantasien sind es nicht, wovon ich spreche. Fest bin ich überzeugt, Sie könnten mir sagen, wo meine Braut sich aufhält.«

Mit merkwürdiger Schnelligkeit verwandelte sich bei diesen Worten der Ausdruck von Siemens' Gesicht.

»Herr Grothof, es gibt Sachen, die man besser niemals erfährt.«

»Jede Nachricht von ihr wäre mir Erlösung. Und ich fühle mit voller Bestimmtheit, Sie wissen von ihr. Sagen Sie es mir; ich bitte Sie noch einmal.«

»Ich kann es nicht!«

»Oh, jetzt weiß ich, daß mein Verdacht mich nicht getäuscht hat. Sie haben sie fortgeschafft, haben den Mordverdacht gegen sie vielleicht selbst mit ausgedacht, um sie ganz in Ihre Macht zu bekommen. Jetzt sind Sie ja frei, — durch einen sehr glücklichen Zufall sind Sie frei geworden, im richtigen Augenblick —«

»Herr Grothof, nun ist's genug!«

»Jawohl, es ist genug. Ich weiß, was ich wissen wollte. Und Sie sollen auch wissen, daß ich nichts unversucht lassen werde, meine Braut wieder aufzufinden, sie zu befreien von Ihrem Einfluß.«

Er stürzte zur Tür hinaus. Siemens blieb allein. — —

Die Tage waren gekommen und gegangen. Ein schwarzer, blumengeschmückter Wagen trug die verstümmelten Überreste Erna Herterichs nach ihrer letzten Ruhestatt hinaus.

In der hohen, rundgewölbten Leichenhalle mit ihrem blitzenden Mosaikschmuck waren viele Leidtragende versammelt. Alle machten sie den lautlosen Weg zu Siemens hinüber und versicherten ihr Beileid. Er dankte wortlos, nur mit Neigen des Kopfes. Vergeblich warteten viele auf einen leidenschaftlichen Verzweiflungsausbruch über das gräßliche Geschick seiner Braut.

Er aber blieb unbewegt in seiner würdevollen Haltung, die manchem erzwungen, manchem herzlos erschien.

Jetzt hob er den Kopf; der Geistliche war an den Sarg herangetreten, er selbst stellte sich an dessen Fußende. Näher drängte sich auch der Schwärm der Trauergäste heran. Und in ihm begannen Siemens' Augen umherzusuchen. Da waren Klienten und Studienfreunde von ihm, da waren Verwandte von Erna, da war neben Unbekannten auch Dr. Berninger, der ihn schon teilnehmend begrüßt hatte. Jetzt aber hatte Siemens das geheimnisvolle Gefühl, daß ein paar Augen unverwandt auf ihm hafteten. Er empfand sogar die Richtung, aus der diese Macht auf ihn wirkte. Sich umwendend, fand er sogleich ihren Ursprungsort, — er lag in Frau van Bergs Augen. Und ihm fiel ein, daß man von ihr sagte, der Blick dieser Augen ziehe die Männer an mit geheimnisvoller, magnetischer Kraft, er sei körperlich fühlbar, und keiner vermöge seinem Zauber zu widerstehen.

Viele der Anwesenden hätten ein hartes Urteil über ihn gefällt, wenn sie seine Gedanken gekannt hätten. Sie waren in diesem Augenblick bei der Lebendigen und nicht bei der Toten. Seine Blicke suchten, zergliederten das Antlitz der schönen Frau van Berg.

Und ihn suchten die fühlbaren Blicke dieser Frau. War der Magnet nicht hier, der sie sonst angezogen hatte? Behutsam schaute Siemens noch einmal umher. Nein, Grothof befand sich nicht in dem Trauergefolge. War seine Liebe zu Fräulein Haverland wirklich groß genug, um einen Bruch mit Frau van Berg zu bewerkstelligen, der er sonst überall hin gefolgt war; oder hatte der Wortwechsel mit ihm selbst ihn ferngehalten? Aber wie dem auch sein mochte, was bedeuteten die Blicke dieser Frau, deren geheime Kraft er so seltsam fühlte? Es war heute noch etwas anderes darin als früher, ein scheuer Ausdruck, der seine Gedanken stark beschäftigte.

Jetzt hatte der Geistliche geendet. Dann folgte der scharrende Klang rücksichtsloser Männerfüße, womit sich die Träger zum Sarge durchdrängten. Da vernahm Siemens plötzlich nahe zur Seite das Rauschen von Frauenkleidern, und er sah neben sich das bleiche Gesicht von Frau van Berg. Gleichzeitig vernahm er auch ihre Stimme.

»Lassen Sie mich mit Ihnen gehen. Wir gehören ja doch heute zusammen; sie haben die Braut, ich habe den Mann verloren.«

Er fand auch jetzt nichts anderes als eine stumme Verbeugung zur Antwort, aber sie schritten gleich darauf neben einander hinter dem Sarge zur weitgeöffneten Tür.

»Ich hatte gedacht, Sie würden in diesen Tagen einmal zu mir kommen. Ich hätte Sie so gern gesprochen und Näheres gehört über das Ende meiner Kusine. Ist es richtig, was in den Zeitungen stand?«

»Was haben Sie da besonders im Auge?«

»Namentlich das, was der Kapitän des Dampfers ausgesagt haben soll. Daß Erna sich spät am Abend in einem Boot auf den Fluß hinausgewagt haben soll, klingt doch unglaublich. Weshalb sollte sie das getan haben?«

»Es ist in der Tat vollkommen unverständlich. In den letzten Tagen sind mir auch schon Zweifel gekommen. Es erscheint allerdings richtig nach des Kapitäns Aussage, daß der Dampfer ein Boot überfahren hat. Ich frage nur, warum soll es Erna gewesen sein, die darin gesessen hat?«

»Aber dann müßte sie doch noch leben. Und sie liegt dort im Sarge vor uns.«

Er schüttelte langsam den Kopf.

»Wer weiß, ob es gerade dieser Dampfer war, der sie getroffen und so furchtbar entstellt hat? Vielleicht ist jene Fremde nur aus dem Boote herausgeschleudert worden, und man findet ihre Leiche bald unverletzt. Weshalb soll bei dem Riesenverkehr auf dem Flusse nicht ein anderer Dampfer die treibende Leiche Ernas so zugerichtet haben?«

»Aber Erna, — wie, — wie soll sie hineingekommen sein ins Wasser?«

»Das ist ein ungelöstes Rätsel. Sie kann verunglückt, sie kann ermordet sein.«

»Ermordet?«

»Vielleicht hat ihre Gutherzigkeit ihr den Tod gebracht. Sie wissen wohl auch, wieviel Gutes an Armen und Kranken sie getan hat.«

»Gewiß, gewiß! Ja, — warten Sie. Es ist mir, als ob sie kürzlich noch von einer verarmten Frau gesprochen hätte — da draußen in der Gegend am Flusse. Ja, ja, ganz recht; sie bat mich noch um eine Beihilfe für sie, und ich gab sie gern.«

»An einen Unglücksfall kann ich nicht glauben. Erna muß ermordet worden sein.«

»Mein Gott, weshalb?«

»Weil der Körper schon tot in den Fluß gekommen sein muß. Wäre sie lebend hineingeraten, so hätte sie sich voraussichtlich retten können. Sie war eine so ausgezeichnete Schwimmerin.«

Eine Weile gingen sie nun stumm, bis Frau van Berg eine neue Frage tat.

»Sie haben Ernas Leiche gesehen. Ich war zu feige, sie mir anzusehen. Das Gesicht war fast unkenntlich, nicht wahr?«

»Es war ein furchtbarer Anblick. Nur nach den Kleidern und nach den Papieren hat man die Persönlichkeit feststellen können.«

»Wie war sie gekleidet?«

»Sie trug ein schwarzes Tuchkleid. Darüber einen Abendmantel von derselben Farbe. Das alles hätte noch täuschen können, aber auf der Brust war das Kleid mit einer Spange zusammengehalten, auf der die Buchstaben E und H standen, und in einer Tasche des Mantels fand man Ernas Paß. So war kein Zweifel an der Identität möglich.«

»Nein, da war kein Zweifel mehr möglich,« wiederholte Frau van Berg.

Der Weg zum Grabe war beendet. Der Geistliche trat ans Grab, sprach noch ein paar Worte zum Gedenken der Toten, sprach das Gebet. Nun reichte man Siemens die Schaufel, um die drei Schollen Erde hinabzuwerfen; und hier war es, wo zum erstenmal seine Ruhe einem tieferen Gefühl zu weichen schien. Ganz leise, nur den Allernächsten vernehmlich, murmelten seine Lippen: »Armes Geschöpf!«

Als aber das Grab sich geschlossen hatte, da war es, als ob er sich verwandelte; seine gedankenvollen Züge wurden heller. Jetzt fand er auch kurze Worte des Dankes für die noch einmal Kondolierenden, doch gelang es ihm rasch, sich ihnen auf einem Seitenwege zu entziehen. Gleich war auch Frau van Berg wieder an seiner Seite.

»Gott sei Dank, daß das vorüber ist!« sagte sie mit tiefem Aufatmen. »Ich hasse den Tod, ich hasse die Gräber, — leben, leben will ich!«

»Unser Gefühl ist heute merkwürdig verwandt. Auch mich packt nach all dem Traurigen ein ungewohnter Lebensdrang. Ich möchte hinter mich werfen und vergessen, was ich erlebt habe.«

»Tun Sie es! Binden Sie sich nicht an veraltete Konvention! Suchen Sie neues Leben und vielleicht auch —«

»Auch was?«

»Neue Liebe.«

Wie leichter Wolkenschatten zog es für einen Moment über sein Gesicht; aber in seinen Augen brach gleich wieder die Sonne hervor, indem er den Kopf seiner Begleiterin zuwandte.

»Das ist ein schönes, verheißungsvolles Wort.«

Auch sie hatte sich ihm zugewandt, und aus dem bleichen Gesicht im dunklen Rahmen loderten ihre schwarzen Augen ihn an. Und etwas wie ein Widerschein kam auch in die seinen, während sie sagte: »Sie müssen sich bald einmal bei mir sehen lassen.«

»Ich werde kommen.«

Sie gingen eine kleine Strecke schweigend neben einander.

Nachdenklich sagte dann Siemens: »Wäre der Tod nur nicht ein gar so gestrenger Herr. Ich fürchte, daß er nicht so bald aufhören wird, in Ihr Leben und in meines hineinzusprechen.«

»Wie meinen Sie das?«

»Ich meine, daß wir von Geheimnissen umgeben sind, bei denen es sich immer wieder um den Tod handelt. Ihr Mann ist an Gift gestorben, und Sie kennen die Mörderin, — Ihrer Ansicht nach wenigstens. Von der Armen, die wir eben begraben haben, wissen wir das Ende noch nicht und werden weiter danach forschen müssen. Und ob nicht auch Fräulein Haverland irgendeinen schrecklichen Tod gefunden hat —«

»Sie glauben an ihren Tod?« fragte Frau van Berg schnell.

»Ich glaube nichts, und ich weiß nichts von ihr. Nur ihr Verschwinden ist feststehende Tatsache. Die sorgfältigste Untersuchung hat nichts weiter herausgebracht. Jetzt forscht man ja mit besonderem Eifer nach dem Herkunftsorte des Morphiums, weil Ihr Diener ausgesagt hat, in defh Fläschchen sei nur noch ganz wenig gewesen, als er es an dem Unglückstage beim Aufräumen in der Hand gehabt habe. Demnach müßte —«

»Mein Gott, ich habe das alles ja zehnmal gehört. Fangen Sie nicht auch noch wieder davon an. Dieser gräßliche Mensch, der Dr. Berninger, hat mich schon ausgefragt bis aufs Blut. Jetzt will ich nichts mehr davon hören. Vom Leben sollen Sie mit mir sprechen und nicht vom Tode!«

Sie waren beim Ausgang angelangt.

»Ich darf morgen auf Sie rechnen?«

»Ich werde kommen« gab er zur Antwort, und als Frau van Berg schon in ihrem Auto saß, wiederholten seine Lippen leise: »Ich werde kommen.«

Während aber der Wagen schon den Friedhof hinter sich gelassen hatte, saß die schöne Frau in tiefem Nachdenken und murmelte vor sich hin: »Du weißt mehr, als du sagst, — ich muß dich zum Reden bringen.«

# Viertes Kapitel

Untätig wanderte Grothof in seinem Atelier hin und her; an den Wänden überall Werke des Künstlers, als beredtestes Hauptstück darunter die große Skizze für ein Porträt der Frau van Berg, das er gemalt hatte.

Jetzt war die Zeit, in der sie draußen Siemens' Braut bestatteten. Jetzt ging der Mann, den er haßte, voll heuchlerischer Trauer hinter dem Sarge her. Jetzt bauten seine Gedanken verbrecherisch an einem neuen Liebesglück, um das er ihn, den Maler, betrog. Mit halbem Bewußtsein traf sein Auge nun das Porträt der Frau van Berg. Er nickte vor sich hin: jawohl, ihm geschah, was er selbst einem anderen getan hatte. Mit den Sitzungen für dieses Porträt hatte der tolle Rausch begonnen, der ihn ein Jahr lang willenlos gemacht hatte.

Dann ging der Maler schnell in einen dunkeln Winkel des Ateliers und holte von dort eine große Mappe hervor und entnahm ihr die Skizze von einem anderen weiblichen Porträt. Wie mildes Mondlicht neben versengender Sonnenglut wirkte dieses Bild neben jenem. Ein junges, unschuldiges Gesicht schaute hier unter einem Kranze goldblonden Haares mit blauen Augen hervor; ein Frühlingstag hier, eine schwüle Sommernacht gegenüber.

Das Bild emporhebend, schaute Grothof lange darauf. »Dir gehöre ich, dir ganz allein.« Aber nun ergriff ihn plötzlich die Leidenschaft. Beinahe schreiend rief er: »Warum kann ich dir das nicht sagen? Wohin hat er dich entführt, wo kann ich dich finden?«

Plötzlich warf er den Kopf zurück. Mein Gott, hier war ja der Weg, den er suchte! Der Schurke selbst, der ihn beraubt hatte, sollte Führer sein auf diesem Wege. Wenn Siemens Bertas Aufenthaltsort kannte, und er sich insgeheim an seine Fersen heftete, wohin er ging, so mußte dieser Mann ihn schließlich einmal zu der Verschwundenen führen.

Ein Befreiungsgefühl, das ihn erlöst aufatmen ließ, kam über Grothof. Und er machte sich, vor Aufregung bebend, an die Ausführung seines Planes. Dazu mußte er für Siemens unkenntlich sein, wenn er ihm unbemerkt folgen wollte. Die Hilfsmittel fehlten ihm nicht; Grothof besaß Perücken und Kostüme. Bald war seine Wahl getroffen und die Maske leicht hergestellt: ein zerlumpter Anzug, ein zerbeulter Hut auf einer wüsten Perücke, und bald stand im Spiegel ihm gegenüber ein Kerl, der von Grothof durch eine weite Kluft getrennt schien.

Seit Bertas Verschwinden hatte sein Blut nicht mehr so hoffnungsvoll pulsiert wie jetzt, indem er sein Unternehmen begann. Er mußte seine Schritte auf der Straße gewaltsam zügeln. Als er in die Gegend von Siemens' Hause kam, begann er eifrig nach dem Gesuchten auszuspähen. Er brauchte auch nicht lange warten, bis der in Spannung Erwartete kam. Es war inzwischen acht Uhr geworden; von der Glocke des Domes kam eben der Stundenschlag.

Siemens ging ziemlich schnell vorwärts, ohne sich umzuschauen; der Gedanke, daß er beobachtet würde, lag ihm offenbar fern.

Mit Erstaunen sah der Maler, daß er sich der Gegend des Flusses zuwandte. Doch weit weniger unheimlich als in den dunkeln Sturm- und Regenstunden, in denen Erna Herterich hier gegangen war, wirkten heute die baufälligen Baracken ringsum.

Siemens kannte scheinbar die Gegend. Er ging mit sicheren und raschen Schritten. Jetzt war der Verfolgte rechts abgebogen; der Maler las auf dem kleinen Schild im unsicheren Lichte das Wort ›Auenstraße‹. Hier war es fast völlig einsam, und er mußte ein wenig zurückbleiben; doch war es nicht schwer, auf der geraden Straßenlinie den Mann im Auge zu behalten. Einfache Häuser standen inmitten von kleinen, jetzt kahlen Gärten; gegenüber lag der Fluß. Teer-, Qualm- und Holzgeruch erfüllte die Luft; Lagerplätze und Bootswerften zogen sich am Wasser hin.

Der Maler fuhr zusammen, — Siemens verließ die Straße! Doch hielt seines Verfolgers Auge die Stelle fest, wo das geschah. Dort war es, wo das kleine Häuschen im Garten lag. Und jetzt konnte Grothof, durch dichtes Gesträuch gedeckt, seine Verfolgung fast laufend fortsetzen. Aber nichts war mehr von Siemens zu sehen, kein Ton verriet ihn. War hier etwa der Ort, wo Berta verborgen gehalten wurde?

Diese Vorstellung allein geneigte, Grothofs eifersüchtige Wut neu zu entfachen, alle seine Sinne zur Verfolgung anzuspannen.

Der Garten war nach der Straße zu durch einen Lattenzaun abgesperrt, aber die Tür war nicht verschlossen. Vorsichtig öffnete der Maler sie, vorsichtig betrat er den Garten. Vorn hatte das kleine Haus nur vier Fenster aber keinen Eingang; der war auf der Seite rechts. Doch auch die beiden Fenster, von denen sich eins auf jeder Seite der Tür befand, waren dunkel. Aber dort an der Hinterseite des Hauses lag ein schmaler, heller Lichtstreif auf dem braunen Gemüselande. Dorthin glitt Grothof lautlos und erkannte, daß ein paar hölzerne Fensterläden nicht ganz befestigt waren, sodaß er einen Blick in das Innere tun konnte.

Siemens war es, den er zuerst erblickte; sein Gesicht war dem Fenster zugewandt. Ihm gegenüber stand eine Frauengestalt. War es Berta? — Indem die Frau sich ein wenig zur Seite wandte, zeigte sie das Profil, und nun wußte der Maler, daß es nichts Ähnliches gab zwischen ihr und seiner Braut. Aber was hatten die beiden mit einander zu verhandeln? Möglicherweise war Siemens hierher gekommen, um noch irgendetwas über Fräulein Herterich zu erfragen. War aber das der Fall, dann befand sich Grothof hier auf falscher Spur.

Da, — was geschah jetzt? Siemens holte seine Brieftasche hervor und entnahm ihr Geld, um es der Frau zu geben. Ihre Gebärden bekundeten einen kühlen Dank. Offenbar war sie sehr einfachen Standes; sie mochte vierzig Jahre zählen. Plötzlich ging sie durch eine Tür hinaus, anscheinend um etwas zu holen; denn Siemens blieb ruhig stehen.

Als aber die Frau wieder herein kam, bot sich Grothof ein Anblick, den er nicht erwartet hatte. Sie trug ein kleines, etwa ein Jahr zählendes Kind auf dem Arm und hielt es ihrem Besucher entgegen. Er aber, der scheinbar so kalte Verstandesmensch, nahm es ihr ab und hob es ein paarmal hoch in die Luft, sodaß es, mit Händen und Füßen zappelnd, fröhlich aufschrie. Was bedeutete dieses Kind, was bedeutete dieser Besuch des Rechtsanwalts in dem einsamen Hause?

Daß er des Kindes Vater aus einer geheimen Liebschaft, erschien Grothof so gut wie gewiß. Die ganzen Umstände sprachen dafür. Aber wer war die Mutter? Diese Frau hier sicher nicht. War es aber möglich, daß Berta —, der Maler fuhr zurück vor dem plötzlich aufgetauchten Gedanken. Nein, und hundertmal nein! Was ihm auch Mißtrauen und Eifersucht vorgespielt hatten, das war unmöglich! — Wenn aber sie nicht, wer blieb übrig? Nur eine: die Tote, die man heute nachmittag begraben hatte.

Der Spur Bertas war er nachgegangen und hatte die jener Toten gefunden. Immerhin, ein Geheimnis hatte dieses kleine Haus ihm doch verraten. Und er wollte nicht ruhen, bis dieses Rätsel ganz gelöst war.

Aber was war das? Die Frau hatte das Kind wieder ins Nebenzimmer getragen, Siemens hatte Stock und Hut genommen, — jetzt mußte doch der Augenblick da sein, in dem er Abschied nahm. Aber das Gegenteil geschah. Die Frau holte sich ein Umschlagetuch herbei, machte sieb zum Ausgehen fertig, öffnete die Zimmertür und löschte die Petroleumlampe. Grothof verbarg sich hinter der Schmalseite des Hauses. Die beiden verließen den Garten und machten sich draußen ziemlich rasch nach der Stadt hin auf den Weg. Sobald sie für ihn außer Sicht waren, schlich er ihnen nach. Und als er die Straße betrat, erschienen die beiden Gestalten wieder in der Ferne vor ihm.

Wohin gingen sie? Wieder und wieder fragte sich der Maler, indem er ihnen folgte. Siemens wandte sich mit seiner Begleiterin nicht der eigenen Wohnung zu, sondern bog schon vorher in eine Villenstraße ein und verschwand hier in einem Hause, von der unbekannten Frau gefolgt. Nachsinnend betrachtete Grothof das Haus. Hier hatte doch Fräulein Herterich gewohnt. Wieder sie, die Tote! Ein sich erhellendes Fenster deutete darauf, daß die beiden dort eingetreten waren, und als nach kaum zehn Minuten das Licht oben wieder auslosch, zog der Maler sich zurück, weil er die Rückkehr der beiden erwartete. Seine Vermutung hatte nicht getäuscht: sie traten wieder auf die Straße hinaus und schlugen die Richtung ein, aus der sie gekommen waren. Eins nur war anders an ihnen geworden: die Frau trug ein ziemlich großes Bündel.

Welches war aber nun ihr Weg? Bis an die nächste Straßenecke blieben sie neben einander; dann gab Siemens seiner Begleiterin die Hand und nahm Abschied von ihr.

Was nun tun, da sie sich trennten? — Sein Entschluß war schnell gefaßt. Siemens hatte die Richtung nach seiner Wohnung eingeschlagen; es war wohl zwecklos, ihm dorthin zu folgen. Wo die Frau mit ihrem Bündel blieb, das war ihm wichtiger. So ließ er sich denn von ihr führen und mußte dabei denselben Weg zurücklegen, auf dem er vor kurzem als Verfolger der beiden Gestalten gekommen war. Die Frau nahm die Richtung nach ihrer Wohnung hin, und Grothof wollte ihr ins Haus nachgehen und sie dort ins Verhör nehmen.

Aber dieser Plan wurde wieder vereitelt. Sie machte zu des Malers Erstaunen vor ihrer Wohnung nicht halt sondern ging wieder auf der einsamen Straße weiter, bis links ein großes Holzlager mit mächtigen Bretterstapeln sichtbar wurde. Nun kreuzte sie die Straße, ging zum Lagerplatz hinüber, öffnete dort eine Tür und verschwand mit ihrem Bündel zwischen den hohen Bretterhaufen. Was konnte sie dort wollen, so spät am Abend? Grothof mußte das wissen, aber es galt in dieser tiefen Einsamkeit jetzt äußerste Vorsicht. Er eilte zum Eingang, wo sie verschwunden war, und konnte noch gerade sehen, wie sie ganz nahe dem Fluß zwischen holzgeschichteten Wänden abermals verschwand. Bis ans freie Wasser nachzugehen, schien ihm gefährlich, wenn er nicht gesehen werden wollte. Was war zu machen? Ein Bretterhaufen lag, niedriger als die meisten übrigen, an einen hochaufgebauten gelehnt. Wenn er hier hinaufstieg! Indem er es dachte, stand Grothof schon oben. Und er hatte richtig berechnet; auf diesem Unterbau war er groß genug, um bis zum Fluß sehen zu können.

Dort fand er auch die gesuchte Frauengestalt wieder. Sie hob die Hand, in der sie das Bündel trug, um es mit kräftigem Schwung weit hinaus in die Wellen zu schleudern. Dann kam sie wieder zurück. War es Erstaunen über ihr geheimnisvolles Werk, war es Erschrecken über ihr schnelles Herankommen, — in diesem Augenblick verlor der Maler das Gleichgewicht. Das Holz schwankte und brach mit lautem Krachen zusammen. Und als unangenehmes Echo folgte sogleich das wütende Gebell eines Hundes, und eine rauhe Männerstimme verlangte zu wissen, was hier vorginge. Der Wächter war es, der vom Eingang her kam, ihm den Rückzug abschnitt und nach wenigen Minuten vor ihm stand.

Zum Glück behielt Grothof Geistesgegenwart genug; er spielte einen gemütlichen, vom Alkohol beseligten Betrunkenen, der dem Wächter in volkstümlichen Ausdrücken begreiflich machte, daß er geglaubt hätte, hier ein Nachtlager zu finden, daß aber der infame Holzhaufen unter ihm zusammengebrochen sei; und er spielte seine Rolle gut genug, daß er nur mit ein paar Flüchen zum Teufel gejagt wurde.

So stand er wieder draußen und schaute vergeblich umher nach der unsichtbar gewordenen Frauengestalt. Er wartete, aber sie kam nicht. Endlich ging er leise hinüber nach ihrem Hause, faßte die Klinke der Lattentür, — sie war verschlossen. Die Frau mußte noch einen anderen Ausgang aus dem Lagerplatz gekannt und sich bei dem ausbrechenden Lärm behutsam davongemacht haben. Jetzt lag sie vielleicht schon sicher in ihrem Bett, und er stand hier draußen vor der verschlossenen Tür. Dies lähmte für heute seinen Tatendrang. Er war genug umhergelaufen, hatte genug Täuschungen erfahren. Die Wohnung der Frau war ihm bekannt, er konnte bei Tage wiederkommen; und aufgeschoben war nicht aufgehoben.

# Fünftes Kapitel

Frau van Bergs Gestalt in ihrer anmutigen Trauerkleidung stach stark ab von dem hellen, in gelben Seidentapeten leuchtenden Salon, in dem sie wartend auf und nieder ging. Auch das blinkende Teegeschirr, das auf einem Tischchen allerlei kostbares Gebäck umgab, sprach nicht von unstillbarer Trauer der Witwe. Trotzdem lag eine Trübung auf ihren Zügen. Aber es war mehr Zorn als Leid, was ihr die Stirn krauste.

Der Mißmut in ihren Augen schien jetzt ein Ziel gefunden zu haben. Sie war an einen zierlichen Damenschreibtisch herangetreten, der allerlei Bilder und Nippsachen trug. Die junge Frau griff nach einer dort aufgestellten Photographie des Malers Grothof. Auf dieses Bild schaute sie lange, während ihr Atem rascher ging. Dann sagte sie leise mit einem Ausdruck zornigen Verlangens: »Ich will dich wiederhaben!«

Die Falten auf ihrer Stirn aber glätteten sich, als der Diener den Rechtsanwalt Siemens meldete.

Sie reichte dem Eintretenden mit liebenswürdigem Lächeln die Hand. Er beugte sich darüber und küßte sie. »Gnädige Frau haben eine Lebensbotschaft von mir gewünscht. Hier ist junges Leben.« Damit gab er ihr einen leuchtenden Strauß von Veilchen und Schneeglöckchen, der einen Hauch von frischem Frühling um sie verbreitete.

»Wie reizend, — vielen Dank!« Sie hob den Strauß empor und atmete tief den Duft. »Ach, der Mensch müßte jedes Jahr eine neue Jugend haben wie die Natur.«

»Wie kann Ihnen ein solcher Wunsch kommen, gnädige Frau? Wer so das Bild schönster Jugend ist wie Sie, so ganz unberührt im Äußeren auch von den traurigen Dingen der letzten Zeit; — auf dem Friedhof gestern, da waren Sie freilich bleich, aber heute —«

»Sprechen Sie nicht vom Friedhof und von all dem Gräßlichen. Ich will damit fertig sein. Jetzt soll Neues kommen, Neues und Schönes.«

Er sah sie nachdenklich und prüfend an, während sie den vom Diener gebrachten Tee eingoß. »Und Sie waren ein paar Jahre lang die Gattin eines kranken Mannes!«

»Ja, das war ich! — Wollen Sie damit sagen: Sie müssen schwer gelitten haben, dann haben Sie recht. Zur Krankenschwester bin ich nicht gemacht. Aber ich habe meinen Mann treu gepflegt, — er war ja doch einmal der, dem ich mich verkauft hatte —«

»Gnädige Frau!«

»Jawohl, ich will aufrichtig sein. Tausende von jungen Mädchen verkaufen sich an einen Mann und leugnen es; ich aber habe den Mut, es auszusprechen. Glauben Sie, daß ich diesen Menschen hätte lieben können? — Ich wollte frei sein, und er machte mich frei. Ich sollte die tugendhafte höhere Tochter sein und bleiben. Aber das paßte mir nicht. Er kam, und ich nahm ihn.«

»Und sind jetzt nach seinem Tode doppelt frei.«

»Jawohl, das bin ich.«

Ein forschender Blick war zu ihr hinübergeflogen, bevor er sprach: »Und — für wen?«

»Für den, der mich zu gewinnen versteht.«

»Ich wüßte gern, wie man das macht.«

»Er müßte mir vor allen Dingen meine Freiheit lassen und dann mich anbeten, mich verwöhnen. — Mein Mann hätte mich am liebsten mit einer goldenen Kette festschmieden lassen. Vorlesen, für ihn arbeiten, — jawohl, ich habe für ihn arbeiten müssen. Ich mußte Tippfräulein spielen. Sehen Sie hin, dort am Fenster steht mein Marterinstrument.«

»Dort? Ich sehe nur einen schönen Goldbrokatstoff.«

»Das ist nur, damit mir das gräßliche Ding von Schreibmaschine mit seiner Stillosigkeit nicht meinen Salon verdirbt. Ich habe mich hierher geflüchtet, um nicht immer im Krankenzimmer sitzen zu müssen. Mein Mann brauchte mir nur kurze Notizen zu geben, ich faßte schnell auf und schrieb dann hier die Briefe.«

»Also Talent und Geist ebenbürtig der Schönheit.«

Sie lachte leicht auf: »Das Kompliment war ein wenig fade.«

»Es tut mir leid, — ich bin sehr ungeschickt.«

»Geben Sie sich nur bei mir in die Lehre. Dann will ich Sie schon dressieren. — Sagen Sie mir eins: haben Sie zuweilen an mich gedacht?«

Jetzt hefteten sich seine Blicke fast gewaltsam auf sie. Dabei war in seinen Augen ein Glanz, der sie leicht erschauern ließ. Zugleich legte seine Hand sich auf ihren Arm. »Sie fragen, ob ich an Sie gedacht habe? Glauben Sie mir, ich habe keinen anderen Gedanken mehr. Sehen Sie, das haben Sie aus mir gemacht.«

»Mein Gott, Sie tun mir ja weh!«

Langsam löste Siemens den Griff seiner Hand: »Verzeihen Sie, — lieben Sie die Leidenschaft nicht?«

»Ob ich sie liebe! Sie macht ja das Leben allein lebenswert. Nur braucht sie nicht wehe zu tun. Beglücken soll sie mich, berauschen.«

Sie lehnte den Kopf zurück mit halbgeschlossenen Augen. Aber dann grub sich wieder eine Falte in ihre Stirn, und in den weit geöffneten Augen war ein gefährliches Leuchten. »Lieben will ich, geliebt werden will ich!« rief sie leidenschaftlich.

Leise faßte Siemens ihre Hand, und nun war er es, dessen Arm sie mit ihren Fingern umklammerte. »Kommen Sie her, sehen Sie mich an; bin ich nicht schön?«

Gedämpft erklang in diesem Augenblick ein Klopfen an der Tür. Dann meldete der Diener, daß eine Frau draußen sei, die dringend bitte, Frau van Berg in einer eiligen Sache sprechen zu dürfen.

»Kennen Sie die Frau?«

Der Diener verneinte; sie scheine nach ihrer Kleidung aus dem Volke zu sein.

»Es wird eine Bettlerin sein, aber warum soll ich ihr nicht etwas geben? Bitte, warten Sie hier auf mich.«

Siemens verbeugte sich; und sie ging hinaus.

Langsam stand Siemens auf und blieb einen Augenblick in tiefem Sinnen stehen. Dann aber nahm er plötzlich aus seinem Taschenbuch ein Blatt Papier, das einen merkwürdigen Anblick bot. Es war zerknittert, mit ausgelaufener Schrift, als wenn es aus einem Kehrichthaufen hervorgesucht worden wäre. Das Blatt glättend, trat Siemens ans Fenster, wo die Schreibmaschine stand, von der Frau van Berg ihm gesprochen hatte. Vorsichtig nahm er dann den leuchtenden Brokatstoff auf, hob den Deckel von der Maschine und spannte schnell eins von den daneben liegenden Blättern ein. Und nun war in wenigen Minuten des beschmutzten Papiers Inhalt kopiert. Beides barg Siemens in seinem Taschenbuch, brachte die Maschine wieder in Ordnung und ging zum Tisch zurück.

Jetzt kam auch Frau van Berg wieder herein. »Es war natürlich eine Bettlerin,« sagte sie »scheinbar aber wirklich ein trauriger Fall. Gut, wenn man helfen kann!« Sich rasch zu Siemens wendend, fügte sie hinzu: »Sie wollen doch nicht schon gehen?«

»Zu meinem großen Bedauern muß ich es. Mich erwartet eine wichtige Sitzung.«

Ein ärgerlicher Blick flog zu ihm hinüber. Aber sie beherrschte sich. »Wenn Sie müssen. Ich hoffe jedenfalls, bald wieder die Freude zu haben.«

»Sobald wie möglich. Es wird mich hertreiben. — Auf Wiedersehen!«

»Auf Wiedersehen!«

Er ging hinaus, und sie blieb allein. Der Ausdruck von Ärger und Mißtrauen trat jetzt noch stärker auf ihrem Gesichte hervor. Langsam ging sie auf dem dicken Teppich hin und her, bis ihr Blick auf die Brokatdecke fiel. Sie beugte sich scharf beobachtend über den schimmernden Stoff und sagte dann leise vor sich hin: »Die Decke hat vorher anders gelegen.«....

* * *

In ihrem kleinen Zimmer neben der Küche saß Fräulein Spillerberg, die frühere Haushälterin Erna Herterichs, ganz allein in der in ihrer Obhut vorläufig noch anvertrauten Wohnung. Sie fuhr erschreckt zusammen, als die Klingel ertönte.

Beim Öffnen der Korridortür stand der Maler Grothof ihr gegenüber. Sie wußte nicht gleich, wer er war, doch sein Gesicht kam ihr bekannt vor, und als er sie mit Nennung seines Namens daran erinnerte, daß er vor einiger Zeit ihrer Herrin einen Besuch gemacht habe, wußte sie Bescheid.

»Sie kommen in eine leere Wohnung, Herr Grothof. Ich bin hier ganz allein.«

»Ich weiß. Aber Ihretwegen gerade bin ich gekommen. Kann ich Sie einen Augenblick sprechen?«

»Bitte!«

»Würden Sie die Freundlichkeit haben, mir ein paar Fragen zu beantworten?« fragte der Maler.

»Wenn ich kann.«

»Sie können es gewiß. Also zunächst: wer war die Frau, die gestern abend mit Herrn Siemens hier war?«

»Hier? Eine Frau? Gestern abend?«

»Ja; haben Sie nichts von den beiden gesehen?«

Sie schüttelte den Kopf. »Nein!« sagte sie dann überlegend. »Aber möglicherweise kann der Herr Doktor doch hier gewesen sein, er hat einen Schlüssel zur Wohnung. Ich selbst war gestern abend fort.«

»Sie wissen, daß Fräulein Haverland, meine geliebte Braut, verschwunden ist. Nun ist sie doch häufig hier ins Haus gekommen, — können Sie mir nicht irgendeinen Fingerzeig geben, was aus meiner Braut geworden ist?«

»Ich, — nein, wie sollte das möglich sein? Ich habe ja doch nichts mehr von ihr gesehen, seit sie hierherkam an dem schrecklichen Abend, — o, mein Gott, —« sie legte voll Schrecken die Hand auf ihren Mund — »ich hätte das ja nicht sagen dürfen. Mein Gott, ich habe das nicht einmal der Polizei gesagt, weil Fräulein Herterich es mir verboten hatte.«

»Machen Sie sich keine Sorge, ich werde Sie nicht verraten. Und mit mir ist es doch auch etwas ganz anderes. Ich stehe hier vor Ihnen mit einem nach Hoffnung suchenden Herzen. Mir können und müssen Sie sagen, was Ihnen über meine Braut bekannt ist.«

Fräulein Spillerbergs Gewissen wehrte sich noch. »Ach, ich soll es nicht sagen.«

»Doch, jetzt müssen Sie sprechen. Sie sagten vorhin, meine Braut wäre zuletzt hier gewesen an dem schrecklichen Abend. — Meinen Sie den Abend, an dem der Mord geschah?«

»Ja, den habe ich gemeint. Ich glaube, sie muß direkt nach ihrer Flucht aus der Villa hierhergelaufen sein zu Fräulein Herterich. Sie war furchtbar aufgeregt, als ich ihr die Tür aufmachte, hat aber weiter nichts mit mir gesprochen, sondern ist gleich hinein zu dem gnädigen Fräulein.«

»Was haben sie mit einander geredet? Wissen Sie das nicht?«

»O, nein! Mit bestem Willen kann ich nichts weiter sagen. Ich habe Fräulein Haverland auch nicht wiedergesehen, weil mein Fräulein sie hinterher selbst hinausbegleitet hat.«

»Und hat Fräulein Herterich später nichts über diesen Besuch gesagt?«

»Sie hat mir versichert, ihre Freundin wäre nicht schuldig an dem Verbrechen, und hat mir streng verboten, über ihr Hiersein zu sprechen. Ach, und nun ist mir das heute doch passiert.«

»Lassen Sie es gut sein. Sagen Sie mir noch eins: haben Sie hier in der Wohnung nichts von dem Bündel gesehen, das die Frau gestern abend fortgetragen hat?«

»Ich habe kein Bündel gesehen; ich weiß von keinem Bündel.« —

Grothof erkannte, daß er bei Fräulein Spillerberg erreicht hatte, was möglich war, und nahm daher mit beruhigenden Worten von ihr Abschied. —

Dann hatte er das Bedürfnis, in der Stille zu überdenken, was er gehört hatte. So schlug er unwillkürlich die Richtung nach dem Flusse hin ein, aber nicht nach jener Seite, wo das lärmende Hafenleben tobte, sondern dem Wasserlauf entgegen, wo ein gerader Weg aus der Stadt hinausführte. Kaum ein Mensch war zu sehen, der Fluß allein leistete dem Grübelnden Gesellschaft.

Wirre Gedanken tobten in seinem Hirn. Daß er in Siemens einen Schuldigen zu sehen hatte, davon war Grothof überzeugt. Worin aber sein Verbrechen bestand, ob es an des Malers Braut oder an der eigenen — zum erstenmal kam ihm auch diese Möglichkeit aufregend in den Sinn

— begangen worden, war noch ungewiß. Aber immer leidenschaftlicher, immer gewaltsamer wuchs in ihm das Verlangen, Licht in dieses Dunkel zu bringen.

## Sechstes Kapitel

Ein Knistern von Papier klang in der Morgenfrühe durch Grothofs Atelier und verkündete das Beben unsicherer Hände. Sie hielten einen Brief, — das erste Lebenszeichen seiner Braut seit ihrem Verschwinden! Mit Jubel, Unruhe, Sorge zu gleicher Zeit las der Maler immer wieder die wenigen, flüchtig hingeworfenen Zeilen. Ein Datum fehlte, doch zeigte der Stempel des Umschlags, daß der Brief am Tage vorher aufgegeben worden war.

*Mein Freund! —*

*Ich will nicht von hier fortgehen ohne ein Lebewohl. Es ist ein Lebewohl für immer. Ich habe Dir oft schon sagen müssen, daß ich Dir niemals angehören kann; jetzt lastet auch noch die falsche Beschuldigung eines abscheulichen Verbrechens auf mir. Nun ist es aus! Ich wäre schon weit fort, aber ich bin wider Willen bis jetzt hier festgehalten worden.*

*Hab Dank für Deine Liebe, sei glücklich!*

*B. H.*

Das jubelnde Freudegefühl Grothofs über diese Botschaft, mochte sie noch so spät gekommen sein, übertönte zunächst alles andere. Berta hatte seiner gedacht auf ihrer Flucht, und eine Versicherung ihrer Unschuld war die Bestätigung seines Gefühls. Aber daneben stand diese Weigerung, ihm jemals anzugehören. Darüber hinaus aber noch der Hinweis auf einen geheimen Zwang, der auf sie wirkte, der sie bis jetzt hier festgehalten hatte wider ihren Willen. Wer übte solche Gewalt über sie? Das konnte nur einer sein, immer derselbe: Siemens. Und wenn er wirklich Berta jetzt weit aus der Stadt fortgeschafft hatte, — das wenigstens wollte Grothof erfahren, wo sie bisher verborgen gehalten war.

Er machte sich sogleich fertig zum Ausgehen; ein Plan war bereits während schlafloser Stunden der Nacht in ihm gereift. Um ihn zu verwirklichen, schlug er heute wieder den Weg in die häßliche Hafengegend ein. Er ging zunächst an dem sauberen und netten Häuschen vorüber, in dem er die Bewohnerin mit Siemens beobachtet hatte, dann zu dem Lagerplatze hinüber, wo noch der zusammengestürzte Holzhaufen von seinem nächtlichen Abenteuer sprach. Ein alter Mann erweckte Grothofs Vertrauen.

Der Maler trat an ihn heran: »Entschuldigen Sie, wissen Sie vielleicht gut Bescheid unter den Bewohnern dieser Straße?«

Die Falten in dem alten Gesicht vertieften sich und machten es heiter und jünger. »Ja, wenn man so seine zwanzig Jahre da umherhantiert, soll man wohl allerlei Volks kennen.«

»Ich frage nur wegen der Frau, die hier schräg gegenüber in dem kleinen Hause wohnt.«

»Ach, die Pregern meinen Sie?«

»Die Frau Preger, jawohl! Könnten Sie mir wohl sagen, ob sie zuverlässig und ordentlich ist? Man hat sie mir in einer gewissen Angelegenheit empfohlen —«

»In einer besonderen Angelegenheit, — aha! Woll wegen so was Kleines, nich wahr?« lachte der Alte.

»Sie können recht haben. Die Frau Preger hat Kostkinder, nicht wahr?«

»Gegenwärtig nur eins.«

»Ist sie eine nette Frau?«

»Na, — nett? Mein Fall wäre se nich; sie hat so was von 'nem Eiszapfen an sich. Aber alles, was recht is, ordentlich un sauber muß man se nennen.«

»Nicht wahr? Das ist mir schon gesagt worden. Kennen Sie den Rechtsanwalt Siemens vielleicht auch?« Grothof tat aufs Geratewohl seine Frage, doch war das Glück ihm günstig.

»Siemens, den berühmten Verteidiger? Ob ich den kenne! Hat er mich doch selber mal 'rausgehauen aus 'ner dummen Geschichte.«

Voll Freude zog der Maler seine Zigarrentasche hervor und reichte dem Alten ein paar Zigarren, worauf dessen Vertraulichkeit noch wuchs. Er beugte sich nach wortreichem Danke näher zu Grothof hinüber und sagte halblaut: »Übrigens, was der Herr Siemens is, unter uns gesagt, ich glaube, der hat auch so'n kleines Geschäft mit Frau Pregern.«

»Wahrhaftig?«

»Jawoll, jawoll! Ich hab ihn schon ein paarmal da hineingehn sehen; un vor'n paar Abenden war auch 'ne junge Dame dabei.«

Grothof mußte sich mit Gewalt bezwingen, um in ruhigem Tone zu sagen: »War das vielleicht am vergangenen Sonntag?«

»Sonntag, — nee, — Sonntag, da kann's nicht gewesen sein. Ich kam aus der Stadt zurück, weil ich was hatte kaufen wollen, un Sonntag sind ja die Lädens geschlossen. Aber warten Se mal, warten Se mal. Das war aber, — das war vergangenen Dienstag.«

Nicht also der Tag, an dem Berta verschwunden war. Grothof fragte noch weiter. »Können Sie mir sagen, wie die Dame ausgesehen hat?«

Mit schlauem Lächeln gab der Alte zur Antwort: »Nee, das kann ich nich, — hab' ich se doch nur von hinten gesehen.«

»Die Kleidung der Dame, — können Sie mir nicht wenigstens darüber Auskunft geben? Trug sie vielleicht einen grauen Mantel?«

»Grau? — Nee, grau hat se nich ausgesehen.«

Grothof nahm mit freundlichem Dank Abschied von dem Alten, der ihm verschmitzt lächelnd nachschaute.

Tief in Gedanken ging nun der Maler schräg über die Straße zu Frau Pregers Häuschen hinüber. Da fiel ihm eine hölzerne, dicht am Latteneingang befestigte Tafel ins Auge, auf der in schon etwas verwischten Buchstaben zu lesen war: Johann Preger, Schiffer. Bootsvermietung, auch auf Stunden.'

Die nach der Seite hin gelegene Haustür machte mit einer alten, schrillen Glocke beim öffnen viel Spektakel. Die Bewohnerin konnte sich infolgedessen Zeit lassen mit ihrem Erscheinen, und Grothof sah sie durch eine rechts offenstehende Tür schreibend an einem Tische sitzen, bevor sie sich nach ihm umschaute. Sie saß in der Küche, und ihr Küchentisch, an dem die Schublade zum Teil herausgezogen war, diente für den Augenblick zum Schreiben. Ein kleines Kontobuch lag darauf.

Die Frau stand langsam auf und betrachtete den Besucher mit Augen, in denen kluges, mißtrauisches Prüfen zu lesen war.

»Ich habe wohl das Vergnügen, mit Frau Preger zu sprechen?« fragte Grothof.

»Ich heiße Preger.«

»Sie nehmen Kostkinder auf, nicht wahr?«

»Ich nehme Kostkinder auf, jawohl.«

Sie sprach automatenhaft, ohne jeden Ton des Entgegenkommens.

»Haben Sie gegenwärtig mehrere Kinder in Kost?«

»Augenblicklich nur eins. Aber ich will das Geschäft vergrößern. Es fehlt nur noch an Möbeln und Wäsche.«

»Das macht viel Ausgaben, ich weiß. Aber ein Kind würden Sie doch wohl noch aufnehmen können?«

»Eins noch, jawohl.«

»Es wäre möglich, daß ich mich deswegen demnächst an Sie wende. Man weiß aber doch gern, in welche Gesellschaft ein Kind kommt. Würden Sie mir vielleicht sagen, wer Ihnen das bereits vorhandene Kind anvertraut hat?«

»Nein, das kann ich nicht sagen. Ich muß unbedingt Diskretion wahren.«

»Das ist höchst ehrenwert von Ihnen und mir in gewisser Weise willkommen zu hören. Aber es handelt sich um ein Kind aus vornehmen Kreisen, und ich muß mir die Sache dann doch noch einmal überlegen.«

»Wie Sie wollen.«

Der Ton ihrer letzten Worte war so kühl, daß Grothof sich gewissermaßen aus der Tür gewiesen fühlte. Während aber der Maler noch nach einer neuen Anknüpfung suchte, kam ihm unerwartete Hilfe. Vom Nebenzimmer aus erklang plötzlich Kindergeschrei, was Frau Preger veranlaßte, nach der Tür zu gehen.

»Ich darf wohl solange hier warten? Ich möchte Sie noch etwas fragen.«

Sie verschwand im Nebenzimmer, und Grothof konnte sich ungestört umschauen. Er trat rasch an das Büchlein auf dem Küchentisch heran und sah, daß es in der Tat ein Anschreibebuch über die täglichen Ausgaben und Einnahmen war. Unter den Einnahmen war an zwei Stellen das Wort ›Unverhofft‹ verzeichnet, nichts weiter, das eine Mal neben einer sehr ansehnlichen Summe. Diskretion also auch hier.

Grothofs Blicke glitten in den halboffenen Tischkasten hinein. Rechts obenauf lag ein zusammengefalteter Zettel. Der Maler griff danach. Rasch überflog sein Auge die wenigen Zeilen:

*Bitte, leihen Sie der Überbringerin Ihr Boot. Ich hafte für etwaigen Schaden.*

*S.*

Grothof fühlte sich sonderbar davon berührt. Obwohl er Siemens' Handschrift nicht kannte, sagte sein Gefühl ihm, daß der Zettel von keinem anderen geschrieben sei. Von einem unwiderstehlichen Drange beherrscht, griff er nach den anderen Papieren, doch in diesem Augenblick verstummte plötzlich das Kindergeschrei. Rasch tat er den Zettel wieder an seinen Platz, aber in der Hast verschob er ein wenig die Schriftstücke darunter und fühlte sich zugleich wie von einem elektrischen Schlage durchzittert. Es war ihm gewesen, als wenn er die Handschrift seiner verschwundenen Braut erkannt hätte.

Noch stand er in der Nähe des Küchentisches, als die Frau wieder hereinkam. Das gefiel ihr anscheinend nicht; wenigstens schlug sie das Anschreibebuch zu, tat es in den Tischkasten und schob ihn hinein. Grothof suchte nach Worten, Gedanken. Was tun? Sie fragen? Das hatte keinen Zweck. Ein Mittel finden, hier einmal heimlich einzudringen und selbst weiterzuforschen. Jetzt nur vorsichtig und ruhig bleiben!

»Womit kann ich noch dienen?« fragte Frau Pregers trockene Stimme.

»Mir kam ein Gedanke. Ganz leicht wird es Ihnen in diesen teuren Zeiten wohl auch nicht werden, durchzukommen. Ich wüßte vielleicht ein kleines Nebengeschäft für Sie.«

»Jedes ehrliche Geschäft ist mir willkommen.«

»Sie wissen sicher, daß gegenwärtig viele früher vermögende Leute gezwungen sind, Einrichtungsgegenstände, Bilder, Kunstwerke zu verkaufen, um leben zu können. Einer von meinen Freunden ist in dieser Lage. Nun mag er aber den Verkauf nicht gern persönlich vornehmen und sucht eine Mittelsperson. Würden Sie das übernehmen?«

»Wieviel Prozent vom Verkaufspreise gibt er?«

»Darin wird er sicher anständig sein. Zehn Prozent gewiß, vielleicht auch mehr.«

»Für fünfzehn will ich es tun. Wo wohnt er?«

»Der Herr selbst möchte gern ungenannt bleiben. Er hat mir verschiedene Sachen übergeben, und wir können damit erst einmal einen Versuch machen. Ich will Ihnen ein paar Stücke davon herbringen.«

»Wann?«

»Wann Sie wollen. Ich könnte morgen früh schon kommen.«

»Gut. Morgen früh. Für fünfzehn Prozent.«

»Er hat schon halb und halb einen Käufer in Aussicht, von dem er gehört hat. Und wenn Sie geschickt sind —«

Mit ihrem grellen Geklingel schnitt ihm die Hausglocke das Wort ab. Die Tür zum Korridor stand offen, und in ihr erschien jetzt ein Polizeibeamter. Frau Preger blieb äußerlich ganz ruhig, aber Grothof sah, daß ihr Gesicht erblaßte.

»Womit kann ich dienen?«

»Dies hier hat man aus dem Wasser gezogen. Ihr verstorbener Mann hatte doch ein Boot, nicht wahr?«

Der Schutzmann hielt in der Hand ein Stück von einer Bootsplanke. Des Malers Augen erkannten die darauf gemalten Worte: Lisbet. Eigentümer Johann Preger.

Die Frau hatte mit einem etwas heiseren »Jawohl« geantwortet, und jetzt sagte der Schutzmann: »Sehen Sie sich das hier einmal genauer an. Ist es ein Stück von Ihres Mannes Boot?«

»Anscheinend — ja.«

»Nicht, als wenn wir darüber zweifelhaft wären. Aber Sie sollen Zeugnis dafür ablegen. Wissen Sie, wann und wo dieses Boot verunglückt ist?«

»Nein.«

» Ich will es Ihnen sagen. Wir bei der Polizei haben allen Grund anzunehmen, daß in diesem Boote das ertrunkene Fräulein Herterich verunglückt ist.«

# Siebentes Kapitel

»Lassen Sie den Herrn hereinkommen.«

Dr. Berninger gab den Auftrag an einen Schutzmann, der wartend neben der Tür stand. Er verschwand jetzt und ließ den Gemeldeten eintreten.

Es war ein kleines, weißhaariges Männchen, das im Gehen fortwährend kleine, eilige Verbeugungen machte, bis es an Dr. Berningers Platz herangekommen war.

»Gestatten Sie, — mit Ihrer gütigen Erlaubnis, ich heiße Lübberjahn, und ich möchte gern eine Aussage machen.«

»In welcher Angelegenheit?« fragte Berninger, der das Männchen mit gutmütigem Lächeln betrachtete.

»Verzeihen Sie, — das vergaß ich zu sagen. Mein Gott, wie kann man so vergeßlich sein, — aber ich bin schon dreiundsiebzig, das muß mich entschuldigen. Ich komme wegen des Todes des Herrn van Berg, — das heißt, nicht eigentlich wegen seines Todes, er war mir persönlich unbekannt, — sondern wegen des Fräuleins Berta Haverland.«

Jetzt merkte Berninger auf. Auch sein getreuer Adlatus Naumann machte sich mit Spannung ans Protokollieren.

»Bitte, sprechen Sie!«

»Mit Ihrer gütigen Erlaubnis. Ich war eigentlich nur gesonnen zu schreiben, von Altenburg aus, — da bin ich nämlich wohnhaft — aber ich hatte Geschäfte hier in der Stadt, — da bin ich doch lieber selbst hergekommen.«

»Und was haben Sie auszusagen?«

»Vor allem das eine, daß Fräulein Haverland unschuldig ist an der ihr in den Zeitungen vorgeworfenen Ermordung des Herrn van Berg, — selbstverständlich nur nach meiner persönlichen Überzeugung.«

»Haben Sie dafür Gründe?«

»Jawohl, — allerdings. Das ist es ja gerade, weshalb ich mir die Freiheit genommen habe, herzukommen. Ich war nämlich der genaueste Freund von dem vor drei Jahren verstorbenen Herrn Anton Haverland in Altenburg, dem Vater des Fräulein Berta Haverland, von deren Unschuld ich, wie gesagt, überzeugt bin. Denn was führt man in den Zeitungen als Grund an, weshalb Herr van Berg von Fräulein Haverland vergiftet sein soll? Doch neben ihrer eiligen Flucht nur das eine, daß ihr Vater durch Herrn van Berg finanziell ruiniert worden sei, weshalb er ihn tödlich gehaßt habe. Dieser Haß soll nun an die Tochter sozusagen übergegangen sein, und sie soll den Herrn van Berg eben dieses Hasses wegen umgebracht haben. Darf ich mir zu dieser Darstellung ein paar Bemerkungen ganz ergebenst gestatten?«

»Bitte, bitte.«

»Das eine daran ist wahr: mein Freund hat Herrn van Berg bis aufs Blut gehaßt. Er war nach seiner Schilderung einer der größten Schurken dieser an solchen Exemplaren so reichen Zeit, Halsabschneider, Wucherer, der ihn um sein ganzes Vermögen gebracht hat. Wären die beiden einmal unter vier Augen zusammengekommen, es wäre vielleicht nicht ganz ausgeschlossen gewesen, daß mein lieber Freund Herrn van Berg den Hals umgedreht hätte. Aber die Tochter hat von den Beziehungen der beiden und von der Schurkerei, die der edle Herr van Berg an ihrem Vater verübt hat, auch nicht ein Sterbenswörtchen gewußt.«

»Wie wollen Sie das beweisen?«

»Durch das, was mein Freund nur mir nicht einmal, sondern hundertmal gesagt hat. Er war im allgemeinen ein merkwürdig verschlossener Mensch, nur mir gegenüber nicht. Und er schämte sich, daß er den wahren Charakter des Herrn van Berg nicht gleich erkannt und sich überhaupt mit ihm eingelassen hatte. Deshalb gab er sich selbst gewissermaßen die Schuld an dem, was ihm durch die Gaunerei des anderen passiert war, und machte sich immer wieder Vorwürfe darüber, daß er seine Tochter ins Elend gebracht hatte. Deshalb war er auch so eifrig darin, daß ihr nur nichts darüber bekannt würde. Hundertmal hat er mich beschworen, daß ich ihr niemals etwas davon sagen sollte. Das ist mir denn auch sozusagen Gesetz gewesen, und ich habe kein Wort verlauten lassen. Darum kann ich mit gutem Gewissen behaupten, Fräulein Haverland hat wirklich nichts davon gewußt. Was jetzt nach dem Tode dieses Lumpen — verzeihen Sie gütigst — von den Dingen bekannt geworden ist, müssen wohl Eingeweihte der Behörde verraten haben. Fräulein Haverland hätte sicher auch nach ihres Vaters Tode niemals die Stellung im Hause des Herrn van Berg angenommen, die der kranke Mann ihr vielleicht aus einer verspäteten Regung des Gewissens heraus anbot, wenn sie geahnt hätte, was er an ihrem Vater verbrochen hatte. Sie hat von der ganzen Sache nichts, absolut nichts gewußt, und was der Mensch nicht weiß, — nicht wahr? — das kann ihn doch auch nicht veranlassen, einen anderen umzubringen.«

Er hatte sich warm geredet und holte jetzt aus dem Grunde seines Hutes ein Taschentuch hervor, um sich damit über die Stirn zu fahren. Dr. Berninger sah nachdenklich vor sich nieder; Herr Naumann schaute mit eigentümlich glitzernden Augen auf seinen Chef.

»Gegen die Logik Ihrer letzten Behauptung, Herr Lübberjahn,« sagte jetzt Berninger »ist nichts einzuwenden. Ob Ihre Voraussetzung richtig ist, muß mit Sorgfalt geprüft werden.«

Berninger schloß die Protokollaufnahme, und Lübberjahn unterschrieb unter Angabe seiner Adresse.

Berninger lachte, als das ulkige Männchen hinausgegangen war, wurde aber schnell wieder nachdenklich und wandte sich zu Naumann: »Nun, Phantasus, was meinen Sie zu der Sache?«

Naumann lächelte pfiffig: »Da hat wieder einmal einer ein hübsches Kartenhaus umgeblasen.«

— — — —

* * *

Das Bild in Frau van Bergs kleinem Salon war ganz ähnlich wie vor wenigen Tagen. Es war wieder um die Teezeit, und gegenüber der schönen Witwe saß wieder Dr. Siemens. Er hatte sie beim Kommen mit einem langen Handkuß begrüßt und ihr wieder einen Blumenstrauß überreicht.

Von einem venetianischen Kronleuchter, von einer großen Stehlampe, von ein paar Wandarmen herüber flutete Licht in den ganzen Raum, und wie entschuldigend erklärte Frau van Berg:

»Ich muß Licht haben, — hell, hell muß ich es haben. Die Dunkelheit ist mir immer zuwider gewesen, und jetzt, — meine Nerven sind ruiniert von all dem Schrecklichen.«

»Ganz wie bei mir. Ich fühle mehr und mehr, wieviel Verwandtes wir mit einander haben. Denken Sie nur, — aber es ist vielleicht besser, wenn ich es nicht erzähle; denn es ist nichts Heiteres.«

»Doch, doch; erzählen Sie, sprechen Sie!«

Siemens griff in eine Tasche seines Rockes, um einen in Papier eingeschlagenen Gegenstand hervorzuholen.

»Ich sagte schon, daß auch meine Nerven in einem üblen Zustand sind. Und weil wir gestern Sonntag hatten, bin ich ein Stück aus der Stadt hinausgefahren, um in freier Natur auch selbst wieder innerlich frei zu werden. Lange bin ich umhergelaufen, so lange, daß es in einem hohen Buchenwalde bei meinem' Heimweg schon dunkel wurde. Man hatte dort — wohl schon vor geraumer Zeit — einen Baum gefällt und auch den unteren Stumpf zertrümmert, vielleicht gesprengt, sodaß Holzsplitter einen Raum rund umher bedeckten. Dies Holz aber — denken Sie nur, gnädige Frau — leuchtete, phosphoreszierte wie Johanniswürmchen es tun.«

»Sonderbar — und was geschah weiter?«

»Ich muß gestehen, ich war zuerst ein wenig erschrocken über den unvermuteten Anblick, und mitten in diesem Schreckensgefühl fiel mir auch noch ein, was ich einmal hatte sagen hören: daß nämlich solch leuchtendes Holz nur an Stellen vorkäme, wo früher einmal ein Mord geschehen wäre. Das ist natürlich Unsinn, — wie sollte totes Holz von toten Menschen wissen? — Aber dort im einsamen Walde wurde mir doch unbehaglich zumute bei dem Gedanken. Das hat mich freilich nicht abgehalten, mir ein paar Stücke von dem Holz mit nach Hause zu nehmen, und ich habe hier eins davon mitgebracht, um es Ihnen zu zeigen.«

»O nein, — bitte, nein, ich mag es nicht sehen!«

»Aber es ist wirklich interessant. Einmal anschauen müssen Sie es wenigstens, aber im Dunkeln, sonst wirkt es nicht. Bitte, gestatten Sie.«

Bevor sie noch antworten konnte, stand er auf, ging zum Fenster und schloß den schweren Vorhang. Dann trat er ebenso schnell zur Tür, schaltete die Leitung des elektrischen Lichtes aus und befreite das Holz von seiner Hülle, das er nun auf den Tisch legte. Nach der hellen Beleuchtung erschien den geblendeten Augen die künstliche Dämmerung fast als Dunkelheit, und in sie hinein warf das glimmende Holz einen grünlich-weißen, geheimnisvollen Schimmer.

Frau van Berg war aufgesprungen und stand mit abwehrend ausgestreckten Händen vor dem unheimlichen Schauspiel. Mühsam bezwang sie sich zu ruhigem Sprechen.

»So, nun habe ich Ihnen den Willen getan und habe es mir angeschaut. Aber jetzt, bitte, tun Sie es wieder fort, ich mag es nicht mehr sehen. Und machen Sie Licht.«

»Wie Sie befehlen.« Er umhüllte das Holz aufs neue mit Papier und barg es in der Tasche seines Rockes. Dann ließ er es wieder hell werden und öffnete den Vorhang. Langsam und gedankenvoll setzte Frau van Berg sich auf ihren früheren Platz, und Siemens folgte dem Beispiel. Nach minutenlangem Schweigen fuhr sie, wie vom Schlaf erwachend, mit nervöser Bewegung zusammen und sagte: »Nicht wahr. Sie wollten doch noch etwas anderes erzählen?«

»Gewiß, dies galt nur als Einleitung für das, was mir in der Nacht geschah. Nur daraus erklärt sich der unheimliche Traum, der mich geängstigt hat. Wenn es nicht etwa mehr war als ein Traum.«

»Was war das?« Ihr Gesicht war bleich, während sie die Frage tat.

»In gewisser Weise war es eine direkte Fortsetzung von dem, was ich am Abend getan hatte. Dieses leuchtende Holz interessierte mich so sehr, daß ich die mitgebrachten Stücke auf meinen Nachtschrank legte. So waren sie mir direkt vor den Augen, als ich schlafen ging, und ich sah längere Zeit darauf hin, bevor ich einschlief. Immer heller wurde, nachdem ich das Licht gelöscht hatte, der grünlich-weiße Phosphorglanz. Dieses Bild im Auge, bin ich dann eingeschlafen, aber im Traume hat es sich mir wiederholt. Ich sah zuerst auch nur das grüne Leuchten, aber langsam änderte sich das Bild. Etwas Dunkles tauchte darum her empor und floß allmählich zusammen in eine Gestalt, von deren Händen das Leuchtende gehalten wurde. Mehr und mehr verstärkte sich der Phosphorglanz und ließ mich immer deutlicher die Gestalt unterscheiden, bis ich sah, wer es war.«

»Wer war es?« Ganz leise tat sie die Frage.

»Meine Braut war es, Erna Herterich!«

»Erna!«

»Jawohl! Eine ganze Weile stand sie mir bewegungslos gegenüber und schaute mich an. In ihren Augen war etwas von dem Phosphorglanze des Holzes. Zuletzt fing sie ganz langsam an, wie vom Starrkrampf erwachend, ihre Lippen zu bewegen, und nun kamen auch Worte daraus hervor.«

Er schwieg und sah Frau van Berg heimlich an. Ihr Atem ging unruhig. »Was für Worte waren es?« fragte sie halblaut.

»Sie klangen bedeutungsvoll, auch weil sie ganz langsam, jede Silbe hervorhebend, sprach. ›Ich kenne den Mörder!‹ sagte sie.«

»Das ist nichts Neues, wenn sie von meines Mannes Tode sprach. Auch wir kennen den Mörder oder die Mörderin. Sie heißt Berta Haverland.«

Siemens beugte nachdenklich den Kopf. »Ja, wenn sie das wirklich gemeint hat. Aber es kann auch noch etwas anderes in Frage kommen. Wir haben bisher immer nur an einen Unfall gedacht beim Tode meiner Braut, — könnte sie aber nicht auch ermordet worden sein und von ihrem eigenen Mörder gesprochen haben? Schelten Sie mich nicht, wenn ich immer wieder auf den Gedanken komme. Versetzen Sie sich einmal in meine Lage. Denken Sie, daß Ihr verstorbener Gatte vor Sie hingetreten wäre und solche Worte gesprochen hätte.«

Wieder ein Schweigen, wieder sein vorsichtig aber scharf beobachtender Blick. Dann in die tiefe Stille hinein plötzlich ein helles Auflachen der Frau van Berg, ein Theaterlachen. »Mein

Gott, was für törichte Sachen wir schwatzen! Da reden wir hin und her über das, was Erna mit ihren Worten gemeint haben kann, und schließlich war das alles doch nur ein Traum.«

Auch Siemens lachte jetzt: »Ja, ja, Sie sehen, ich hatte recht, wenn ich sagte: Wir kommen aus dem Kreise des Todes nicht heraus. Aber jetzt wollen wir einmal ernstlich versuchen, stärker zu sein als er. Es gibt ja doch noch Freuden auf der Welt, lockende Freuden, für die kein Preis, den man dafür zahlen kann, zu hoch ist.«

»Ja, solche Freuden gibt es,« wiederholte sie langsam, »nur erobern muß man sie können.«

»Und muß kein Mittel scheuen, das dahin führt, nicht wahr? Das ist doch Eroberermoral.«

Sie sah vor sich nieder. Langsam sagte sie dann: »Ein Eroberer muß Waffen haben.«

»Ist Frauenschönheit nicht unter ihnen die mächtigste?«

»Auch sie kann versagen.«

»Dann müssen andere Mittel an die Reihe kommen. Man muß nur anerzogene Rücksichten über Bord werfen.«

»Könnten Sie das?«

»Wenn es um einen hohen Preis geht, gewiß. Ich brauche nur zu denken, Sie, gnädige Frau, wären der Preis des Kampfes, und ich würde kein Mittel scheuen, um zu siegen.«

»Auch nicht Verstellung und Lüge?« fragte sie langsam.

»Trauen Sie mir nicht?«

»Ich möchte sicher gehen.«

»Welchen Beweis fordern Sie von mir?«

»Das muß Ihr Gefühl Ihnen sagen.«

»Mein Gefühl? Haben Sie schon vergessen, was ich Ihnen neulich verraten habe? Daß all meine Gedanken von Ihnen beherrscht werden.«

Sie stand auf und ging einmal im Zimmer auf und nieder. Dann kam sie wieder zu ihm zurück, der sich gleichfalls erhoben hatte. »Sie sind ein merkwürdiger Mensch! Sie scheinen kalt und sprechen von Feuer. Ich möchte dieses Feuer einmal brennen sehen.«

Ganz nahe war sie jetzt vor ihn hingetreten. Ihre verlangenden Augen sandten Flammen. Und unter diesen Blicken legte Siemens den Arm um sie, beugte sich nieder und küßte sie.

Plötzlich aber empfand er, daß ein Schauder über sie hinlief, er fühlte sich zurückgestoßen und hörte, wie sie mit heiserer Stimme sagte: »Sie lieben mich nicht, — Sie treiben ihr Spiel mit mir; ich weiß, wie Männer küssen, die lieben, — Sie lieben mich nicht! Etwas anderes wollen Sie von mir als mich selbst. Ein bestimmter Zweck hat Sie zu mir getrieben, und ich ahne, was es ist. Sie haben doppelsinnige Worte gesprochen, und nun weiß ich: aushorchen, überlisten wollen Sie mich, — Sie stehen auf der Seite der Mörderin meines Mannes und suchen hier nach einem Beweis ihrer Unschuld. Aber Sie suchen vergeblich.«

Ein seltsames Lächeln zuckte blitzgleich über Siemens' Gesicht. »Ich bin überzeugt, gnädige Frau, daß ich den hier nicht finden werde. Vielleicht ist es mehr ein Beweis der Schuld, nach dem ich suche.«

Sie hatte sein Lächeln gesehen und war zusammengezuckt. Heftig fragte sie nun: »Was, wollen Sie damit sagen?«

»Was in meinen Worten liegt, nicht mehr.«

»Ein Sinn könnte darin liegen, der mich beleidigen würde, tödlich beleidigen. Wissen Sie das?«

»Ich kenne die Tragweite meiner Worte.«

»Dann ist es empörend, wenn Sie noch vor mir stehen!«

»Dem kann leicht abgeholfen werden, gnädige Frau, wenn ich mich sogleich empfehle.«

»Ja, gehen Sie, gehen Sie! Glauben Sie mir aber, ich werde nicht vergessen, was hier heute geschehen ist.«

»Ich ebensowenig.«

Er verbeugte sich und ging hinaus. Einen Augenblick blieb sie stehen, auf sein Fortgehen horchend. Ein Schauder ließ ihren Körper erbeben. »Betrüger, Spion!« sagte sie mit leiser, zischender Stimme. Dann fuhr sie plötzlich herum; ihre weitaufgerissenen Augen starrten ins

Leere. »Wenn das nur nicht wäre! Wenn diese Füße nicht wären, die hinter mir sind, wohin ich gehe! Diese Stimmen und Gesichter, diese bleichen Gesichter! —« Wieder ein Schauder, unter dem ihr Körper wie vom Fieber geschüttelt erbebte. Doch gleich darauf raffte sie sich gewaltsam zusammen. »Ich lasse mich nicht unterkriegen, ich bin stärker als alle; stärker auch als du!« Dann aber hob sie die rechte Hand mit ausgestrecktem Zeigefinger in die Luft und sagte mit zischendem Tone: »Hüte dich, — hüte dich vor mir!«

## Achtes Kapitel

In zitternder Aufregung hatte Grothof das Haus der Frau Preger verlassen. Der Zettel, den er gelesen hatte, die Handschrift seiner Braut und schließlich die von der Polizei gefundene Spur des verunglückten Bootes, — das alles wirbelte durch einander in seinem Kopf, ohne sich zum festen Ganzen zusammenschließen zu wollen. In dem Boote, von dem er mit eigenen Augen ein Stück gesehen hatte, war Erna Herterich verunglückt. Siemens hatte nach dem Zettel, der aller Wahrscheinlichkeit nach von ihm stammte, bei dieser geheimnisvollen Bootfahrt seine Hand im Spiele gehabt. Wie hatte Siemens wissen können, daß ein Unfall, wie der tatsächlich geschehene, seiner Braut begegnen würde?

Sein Haß gegen Siemens trieb den Maler immer wieder an, eine Lösung des Rätsels zu versuchen. Was konnte diese Wasserfahrt bedeuten? Ja, wenn Siemens mit im Boote gewesen wäre, dann hätte sich auf dem Flusse draußen schon die Gelegenheit für ein Verbrechen finden können. Aber nach der Angabe des Kapitäns hatte sich in dem von seinem Dampfer überfahrenen Boote nur eine weibliche Gestalt befunden. Höchstens eine Möglichkeit gab es noch: Wenn Erna Herterichs Verlobter sie in ihrem leidenschaftlichen Gefühle gekränkt und so zur Verzweiflung getrieben hätte, dann wäre die Bootfahrt vielleicht nur ein geschickt suggeriertes Mittel gewesen, um sie zum Selbstmorde zu bringen.

Aber was war es gewesen, womit Siemens die Braut so zur Verzweiflung brachte? Bei dieser Frage griff die Tragödie der beiden Beteiligten auf den Maler selbst hinüber. Wenn sein Verdacht richtig war, wenn Siemens wirklich Grothofs Braut nachstellte, dann wurde Berta Haverland wissentlich oder unwissentlich in dem furchtbaren Drama zur Mitspielerin. Und in diesem Lichte gewann der Brief mit ihrer Handschrift unter den Papieren der Frau Preger eine furchtbare Bedeutung für ihn selbst.

Von diesen Gedanken bedrängt, verbrachte der Maler die Nacht ohne Schlaf. Selten war ihm des Morgens erste Helle so willkommen gewesen wie heute. Ein erzwungen langsames Frühstück mußte die Zeit hinbringen helfen, bevor er fortgehen konnte. Sein erster Weg galt einem Freunde von auswärts, der für ein paar Tage hier im Hotel wohnte. Der sollte sein Helfer werden bei dem fingierten Verkaufe des mitgenommenen Pokals. Als lustiger und hilfsbereiter Mensch fand er großes Gefallen an der ihm zugedachten Rolle, sodaß er mit Vergnügen den Vorschlag des Malers begrüßte. Nachdem Grothof so seines Planes Ausführung vorbereitet hatte, ging er in aufgeregter Eile nach Frau Pregers Wohnung hinaus.

Da Grothof es klug vermied, von dem ihr offenbar sehr unangenehmen Besuche der Polizei zu sprechen, und gleich von dem kleinen Handelsgeschäfte begann, wurde die Frau zugängig. Er wickelte den Pokal aus und wies ihn ihr mit einem Lobe seiner Schönheit. Ihr aber war der Begriff der Schönheit offenbar nur insofern interessant, als er sich in Geld umsetzen ließ. Mit einem Anflug von Eifer fragte sie: »Was kann der wert sein?«

Der Maler nannte den Preis, den er mit seinem Freunde verabredet hatte, dann trieb er sie an, sich gleich zum Ausgehen fertigzumachen. Nachdem sie noch einen Augenblick nachgedacht hatte, sagte sie: »Fünfzehn Prozent, ja, dafür will ich es tun. Ich mache mich gleich fertig. Das Kind hat seine Milch gehabt, es wird ruhig schlafen.«

»Darf ich Sie hier erwarten?« fragte der Maler. »Es wäre vielleicht auch wegen des Kindes gut, wenn —«

Sie fiel ihm ins Wort, ohne Lebhaftigkeit aber mit bestimmter Kälte. »Nein, dazu kennen wir einander noch zu wenig. Wenn Sie wieder vorsprechen wollen —«

»Gewiß. Ich will noch einen Spaziergang machen und komme möglicherweise schon auf dem Rückwege vor. Aber unter dem angesetzten Preise dürfen Sie mir nicht verkaufen.«

»Das wird in meinem eigenen Interesse nicht geschehen.«

Während sie hinausging, sich Hut und Mantel zu holen, trat Grothof rasch ans Fenster heran, dessen Verschluß er öffnete, während er es im übrigen unverändert ließ. Schnell ging er dann wieder auf seinen Platz.

Frau Preger kam eilig zurück, und gemeinsam verließen sie das Haus. Sobald sie draußen waren, verabschiedete sich Grothof und wandte sich nach der Seite, wo die Straße bald in freies Land hinausführte. Dorthin ging er dann wirklich eine Strecke weit.

Nach einiger Zeit wandte Grothof sich um und schaute zurück. Er hatte sich nicht verrechnet; Frau Preger war verschwunden, er durfte zur Ausführung seines Planes übergehen. Doch er zwang sich zum gemäßigten Spaziergangstempo. Nur sein Herz ging in raschem Takte. So kam er zu dem vor kurzem erst verlassenen Häuschen zurück. Voll erzwungener Behäbigkeit betrat Grothof den Garten und schaute sich suchend um. Wenn er sich nahe der hinteren Hauswand hielt, konnte er nicht gesehen werden. Dann trat er mit ein paar Schritten zum Küchenfenster, dessen Verschluß er vorher geöffnet hatte, drückte die Flügel nach innen und schwang sich leicht über die niedrige Brüstung in die Küche. Tief aufatmend fand er sich am ersehnten Ziel.

Der Küchentisch hatte keinen Verschluß, die Schublade ließ sich vorziehen. Was er zunächst bemerkte, war das Fehlen des Zettels, den er gestern in Händen gehabt hatte. Aber ein kleiner Packen anderer Schriftstücke war noch vorhanden, obenauf das Kontobüchlein der ordnungsliebenden Frau, und dann lag vor ihm der bisher nur flüchtig gesehene Briefumschlag, auf dem die vertraute Handschrift seiner verschwundenen Braut unleugbar zu ihm sprach.

An Frau Preger war der Brief gerichtet, ihr Name stand auf dem Umschlag. Grothof holte das darin verborgene Blatt hervor und las die wenigen Zeilen, die darauf geschrieben standen:

*Liebe Frau Preger!*

*Ich schicke hier die nötige Summe für Evchens Pflege. Wie traurig war ich, als ich von ihrer Krankheit hörte. Sparen Sie nichts, damit nur der kleine Liebling wieder gesund wird; ich werde für alle Kosten aufkommen. Herr Doktor S., von dem Sie wissen, wie liebevoll er sich meiner annimmt, wird in den allernächsten Tagen persönlich einmal zu Ihnen kommen und mir berichten. Ich bitte Sie noch einmal, machen Sie mein Kind wieder gesund!*

*B. H.*

Ein Gefühl, als ob der Boden unter seinen Füßen fortgezogen würde, kam über den Maler. Die Züge der Schrift verschwammen vor seinen Augen, die mit grausamem Nachdruck bestätigte, was er schon wußte: daß diese Worte von der über alles Geliebten stammten. Zwei von ihnen klangen mit mörderischer Schärfe hervor aus den übrigen, die vernichtenden Worte ›Mein Kind‹. Alles andere verging vor dieser Bestätigung von etwas unmöglich Erachtetem. Hier also war das Geheimnis verborgen, das immer hindernd vor sein Glück hingetreten war, wenn er nach ihm greifen wollte. Berta war die Mutter dieses Kindes!

Er mußte sich niedersetzen, seine Kräfte versagten unter dem furchtbaren Schlage. Erst nach und nach kämpften sich Gedanken und Vorstellungen wieder aus dem brausenden Dunkel hervor. Seine Braut wurde für ihn zum beklagenswerten Opfer eines übermächtigen Verführers. Und er wußte, wer dieser Verführer war. Der Mann, von dem sie geschrieben hatte, daß er sich ihrer ›so liebevoll annähme‹. Sehr liebevoll, in der Tat!

Gab es nicht etwa noch deutlichere Zeugnisse hier in diesem Versteck, die den Schändlichen vollends entlarvten? Grothof sprang wieder auf und begann, abermals unter den Papieren zu suchen. Aber kein weiterer Brief Bertas war zu finden. Dieser eine Brief aber genügte vollauf, um Grothofs Erbitterung auf Siemens hell wieder anzufachen.

Er barg mit einem letzten, schmerzlichen Blicke den Brief Bertas wieder in seiner Hülle, legte die Papiere zurück an ihren Platz und schaute vorsichtig zum Fenster hinaus. Menschenleer wie zuvor lagen die Gärten; er konnte die Fensterbrüstung wieder ungesehen übersteigen.

Sein Rückzug blieb unbemerkt wie sein. Kommen, und als er die Fensterflügel sorgsam wieder angelehnt hatte, ging er um das Haus herum zur Straße zurück. Eine Sehnsucht nach einsamer Stille kam über ihn, und er wandte sich wieder dem Flußlaufe zu. Mit gesenkten Blicken ging er, vor sich hingrübelnd, ein paar Minuten lang dahin. Dann hob er den Kopf und sah nun in einiger Entfernung vor sich eine weibliche Gestalt. Bei ihrem Anblick durchfuhr ihn ein furchtbarer Schreck. Wuchs, Haltung, Kleidung, — vor allem die Kleidung, — Gott im Himmel, das war ja seine verschwundene Braut! In diesem violetten Kleide, in diesem grauen Mantel war sie noch am Tage vor der Bergschen Tragödie neben ihm gegangen.

Er verdoppelte seine Schritte, fing an zu laufen, rief: »Berta! Berta!« Nun wandte sie sich um und blieb stehen. Jetzt stand er vor ihr und — — taumelte zurück wie vor einer Spukerscheinung. Die da vor ihm war nicht seine Braut! Aber sie trug ihre Kleider. —

»Mein Fräulein, — Sie sind vielleicht erschrocken über mein Betragen. Ich habe Sie für meine Braut gehalten. Sie sind es nicht, aber Sie tragen ihre Kleider, und Sie müssen, — müssen mir Auskunft geben, wie dieser Mantel, dieses Kleid, in Ihren Besitz gekommen sind.«

Mehr und mehr hatte sich des Mädchens hübsches Gesicht zum Weinen verzogen, jetzt brachen die Tränen hervor. »O, bitte, bitte, machen Sie mich nicht unglücklich, verraten Sie mich nicht. Sie sollen alles wissen, — aber nicht hier draußen. Das da vor uns ist meiner Mutter Haus, bitte, bitte, kommen Sie mit mir herein.«

Er stimmte zu, und sie betraten zusammen das Häuschen der Mutter, einer in traurigen Hungertagen bleich und mager gewordenen Frau. — Verwirrt und ungeordnet beichtete diese, wie sie zu den Kleidern gekommen wäre, und trotz der Verwirrung machten ihre Worte den Eindruck der Wahrheit.

Die Mutter — das war der Kern ihrer Erzählung — hatte noch die Gewohnheit, auf einem gegenüberliegenden Grundstück im Flusse ihre Wäsche zu spülen. Dabei war ihr vor einigen Tagen ein auf und nieder schwankender Gegenstand im Wasser aufgefallen, den sie dann mit einem Haken ans Land gezogen hatte. Das in ein Tuch eingeknotete Bündel war durch Gottes Fügung, wie die Frau gemeint hatte, gerade hier neben ihrem Waschplatz am Nagel eines Pfahls im Wasser hängen geblieben. Eilig war sie damit ins Haus gelaufen und hatte ausgepackt, was ihr der Himmel beschert hatte. Sie hatte die Sachen sorgsam gereinigt und hergerichtet, und heute zum ersten Male hatte das junge Mädchen Kleid und Mantel getragen.

Grothof nahm fast ohne Vorwurf die Mitteilung der Frau auf, bat sie sogar, das aufgefundene Zeug vorläufig zu verwahren. Daß jenes vor seinen Augen ins Wasser geworfene Bündel es war, das hier so rasch neue Besitzer gefunden hatte, war ihm keinen Augenblick zweifelhaft. Aber er fürchtete sich vor neuen Enthüllungen.

Kurz nahm er Abschied von den beiden Frauen, deren Tränen immer aufs neue flössen, doch gab er ihnen das Versprechen, der Polizei fürs erste keine Nachricht von ihrem Funde zu geben. Taumelnd, mit unsicheren Schritten trat er auf die Straße hinaus und schlug fast willenlos den Weg zur Stadt hin ein. Erst bei Frau Pregers Haus kam ein erneutes Wirklichkeitsbewußtsein über ihn. Eine furchtbare Wut gegen Siemens packte den Maler wieder, indem er sich fragte, wie dieser Mensch in den Besitz von Bertas Kleidern gekommen sei. Diese Kleider hatte sie getragen bei der Flucht aus der Villa van Berg, nun waren sie im Wasser gefunden worden, von Frau Preger hineingeworfen auf Siemens' Befehl. War das nicht ein Beweis, daß auch Bertas Leben ihm zum Opfer gefallen war? Das phantastische Bild eines doppelten Mordes erschien auf einmal vor seiner aufgeregten Seele. Mit knirschenden Zähnen, mit geballten Fäusten ging er dahin; zischend sprach er eine wilde Drohung ins Leere hinein: »Hüte dich, — hüte dich vor mir!«

# Neuntes Kapitel

In einer von den Baracken der Auenstraße war eine Station der Schutzmannschaft. Es war noch nicht spät, kaum halb neun Uhr, und in der geräumigen Küche, die den Aufenthaltsraum dieser Sicherheitsabteilung bildete, saßen drei Schutzleute. Plötzlich hob der eine von ihnen horchend den Kopf.

»Was war das eben da draußen?«

»Ich habe nichts gehört« sagte sein Kollege Wilhelm Kraus, und Christian Mauter versicherte das gleiche.

»Es klang mir, als ob ein Schuß fiele.«

Mit einem »Ach was, Unsinn!« erklärte Kraus die Sache für erledigt. Doch von der Haustür her klang jetzt der schrille Ton der Eingangsglocke. Dem aufgesprungenen und eilig öffnenden Nußbaum trat ein Knabe von etwa vierzehn Jahren mit ärmlicher Kleidung gegenüber, der ihm zurief: »Herr Kriminal, Vater läßt sagen, vor unserm Haus liegt 'n toter Mann.«

Auch die beiden anderen Schutzleute sprangen jetzt auf, und Mauter machte sich mit Nußbaum zusammen eilig fertig, um dem Jungen zu folgen.

Rasch gingen die Beamten ihrem Ziel entgegen. Der Junge lief schwatzend nebenher, indem er auskramte, was er von der geschehenen Tragödie wußte. »Sie haben auf ihn geschossen; wir haben den Schuß gehört, und Vater is gleich rausgelaufen, und rundum auf dem Boden is Blut; Vater sagt —«

Jetzt erschien vor ihnen auch bereits eine Gruppe von dunklen Gestalten. Beim Nahen der Schutzleute traten ein paar von den Leuten zurück und machten Platz. Nun zeigte sich ihnen ein männlicher Körper, hingestreckt auf dem Boden, das Gesicht nach unten.

»Das ist keiner von unseren Kunden hier« sagte Nußbaum »sondern ein besserer Herr. — Vor allen Dingen Licht und Wasser her.«

Ein paar Frauen liefen fort, um das Geforderte zu holen. Eine Schüssel, ein Krug mit Wasser, eine Petroleumlampe waren schnell zur Stelle. Das Licht fiel hell auf den hingestreckten Körper; mit erhöhter Aufmerksamkeit betrachtete Nußbaum ihn jetzt und kniete dann neben ihm nieder, während er zu seinem Kollegen sagte: »Der Herr hat einen Schuß in die Brust; komm, wir wollen ihn umdrehen, es könnte vielleicht noch Leben in ihm sein.«

Zusammen führten die beiden vorsichtig Nußbaums Vorschlag aus, und nun erschien dort auf dem Boden ein totenbleiches Gesicht unter blondem Haar, von dem der Hut heruntergefallen war.

Als das den Umstehenden im Lichte der hochgehaltenen Lampe deutlich wurde, klang aus der kleinen Schar ein undeutlicher Schreckensruf hervor. Mauter, der gerade nach jener Seite hingeschaut hatte, sprang auf, stand im nächsten Augenblick einer der Frauen gegenüber, und fragte: »Na, Frauchen, was gibt's denn hier zu schreien?«

»Ich weiß nicht, — ich — ich habe nicht geschrien.«

»Wie man's nennen will; ums Wort wollen wir uns nicht streiten. Aber gewaltig erschrocken sind Sie, als Sie das Gesicht des Herrn gesehen haben. Deshalb müssen Sie den Herrn wohl kennen.«

»Ich weiß nicht, — nein, — das heißt, — wenn ich ihn mir deutlich ansehe, — ja, mir ist es, als wenn ich ihn kenne.«

»So, — nun kommen wir der Sache bereits näher. Jetzt also: wer ist es?«

»Mir scheint, — wenn ich mich nicht irre, dann ist es Herr Dr. Siemens.«

»Rechtsanwalt Siemens, — wahrhaftig! Deshalb kam er mir auch gleich bekannt vor. — Jawohl, der ist es. Und Sie, sind Sie nicht Frau Holsten aus der Mühle drüben?«

»Ja, das bin ich,« antwortete sie nach einem widerstrebenden Zögern.

»Gut, so wären wir einig. Und nun sagen Sie mir noch —«

Er kam nicht weiter, denn mitten in seine Worte hinein rief der immer noch neben dem Hingestreckten kniende Nußbaum lebhaft aus: »Der Mann lebt noch!«

»Wahrhaftig?«

Zuerst war es nur ein Zittern der Augenlider, ein Zucken um den halb geöffneten Mund.
Jetzt aber ein tieferer Atemzug, ein leises Regen des Kopfes, ein bewußterer Blick aus erwachenden Augen.

»Wir müssen ihn in ein Haus bringen« sagte Nußbaum. »Er kann hier nicht liegen bleiben.«

»Wird gemacht!« entgegnete Mauter. »Wer hat hier denn das bequemste Sofa, wo wir ihn betten können? Sie, Frau Holsten?«

»Ich? Ach nein, — wir sind ganz einfache Leute.«

»Ach was, machen Sie keine Fisematenten. Ich war schon mal in der Mühle; Sie haben's da ganz proper und ordentlich. Vorwärts, angefaßt, aber mit Vorsicht und Menschenliebe!«

Mit Nußbaum zusammen hob Mauter den anscheinend wieder Bewußtlosen auf, ein paar Männer halfen bereitwillig. So trugen sie ihn zur Mühle. Frau Holsten schritt an der Spitze des kleinen Zuges. Dann öffnete sie die Haustür der Mühle, die Erna Herterich an jenem dunklen Regenabend zu ihrem Verderben betreten hatte. Wie damals tobte der Fluß unter den gebrechlichen Bodenplanken, und seltsam! — auf derselben Stelle, wo damals Erna hinabgesunken war, stand auch in diesem Augenblick wieder eine Frauengestalt, nicht hierhergehörig, keine Frau aus dem Volke, reich und elegant, in Trauer gekleidet, eine Dame der Gesellschaft — hier in der wüsten Mühle.

Sie wich zurück vor dem Anblick des Bewußtlosen, die Beamten aber hatten vorerst keinen Blick für die Fremde sondern strebten der Tür im Hintergrunde zu, die Frau Holsten geöffnet hatte. Dicht an der schwarzgekleideten Dame vorüber trugen sie den Körper. Ein Sofa stand an der einen Wand; Frau Holsten legte schnell ein paar Decken darüber, und auf ihnen bettete man den Verwundeten:

Wie magnetisch angezogen war die Fremde Schritt für Schritt hinter den Männern hergegangen und stand nun da, starr hinblickend. Mauter nahm seinen Helm vom Kopf und wischte sich den Schweiß von der Stirn, während Nußbaum sagte: »Wir müssen einen Arzt haben; und ein Krankenwagen muß her, damit wir den Verwundeten ins Krankenhaus bringen. Du könntest mal telephonieren, Christi.«

»Wird gemacht!« entgegnete Mauter und eilte hinaus.

Währenddessen war die Fremde nahe zu Nußbaum herangetreten und fragte:

»Verzeihen Sie, Herr Schutzmann, kann ich nicht irgendwie behilflich sein?«

Da öffnete sich die Tür nach kurzem Anklopfen, und in dem dunklen Viereck erschien Dr. Berninger.

»Wahrhaftig, er ist es!« rief er nach einem raschen Blick auf den regungslos Daliegenden, und rasch trat er nahe heran. »Siemens, alter Freund, was ist mit Ihnen geschehen?«

Er war, als ob der Klang seiner Stimme die Lebensgeister des Verwundeten zurückriefe. Er öffnete die Augen und sah mit einem flüchtigen Lächeln auf das bekannte Gesicht.

»Gott sei Dank, er lebt!« sagte Berninger mit schonend gedämpfter Stimme. »Der Arzt wird bald hier sein. Vorläufig ist anscheinend alles geschehen, was nötig war. Und nun...«

Er war bisher so sehr mit Siemens beschäftigt gewesen, daß er Frau van Bergs Anwesenheit noch nicht bemerkt hatte. Aufblickend fand er sich nun ihr gegenüber und schaute betroffen auf sie.

»Gnädige Frau...«

»Ja, wir kennen uns, Herr Doktor. Über den traurigen Tod meines Mannes haben Sie mich ein paarmal vernehmen müssen. Schreckliche Dinge sind auf mich eingestürmt in der letzten Zeit. Erst meines Mannes Tod, hinterher meiner Kusine schreckliches Ende, nun heute dieses neue Mißgeschick.«

»Das ist wirklich viel für ein weiches Gemüt, gnädige Frau,« sagte Berninger, sie scharf betrachtend. »Es ist ja fast, als wenn der Tod Sie verfolgte.«

Mit großen Augen schaute sie in dem Räume umher. »Als wenn der Tod mich verfolgte, — jawohl,« sagte sie leise.

»Gnädige Frau gestatten mir die Frage...«

»Sie sind erstaunt, mich hier zu finden. Das kann ich verstehen; aber es erklärt sich sehr einfach. Die Frau Holsten hier war früher meine Kammerjungfer, und ich hatte mit ihr zu sprechen.«

»Sie haben Mut, wenn Sie sich so spät am Abend in diese Gegend wagen.«

»An Mut hat es mir nie gefehlt.«

»Gnädige Frau waren schon hier, als der Schuß fiel?«

»Gewiß. Ich war gerade im Begriffe, wieder fortzugehen.«

»Haben Sie vielleicht vor dem Schuß einen Streit, einen Wortwechsel gehört?«

»Nein, — aber man hört hier auch schwer wegen des Lärms, den das Wasser macht.«

»Allerdings. Und Sie, Frau Holsten, haben Sie nicht etwa beim Hinausgehen etwas Verdächtiges bemerkt? Haben Sie niemanden fortlaufen sehen?«

Sie schüttelte den Kopf.

»Kennen Sie den Herrn Siemens? Ist es möglich, daß er Sie hat besuchen wollen?«

»Ich kenne den Herrn von der Zeit her, als ich noch Jungfer bei der gnädigen Frau war. Zu mir hat er jedenfalls nicht gewollt.«

»Es ist merkwürdig, daß er abends in diese Gegend gekommen ist. Sie, gnädige Frau, haben mir Ihr Hiersein erklärt, — hat Siemens etwa davon gewußt?«

»Nein, sicher nicht. Es wäre für ihn auch viel bequemer gewesen, mich in meiner Wohnung aufzusuchen.«

»Bequemer und angenehmer; da haben Sie recht.«

»Er hat mich erst kürzlich ein paarmal besucht« fügte Frau van Berg hastig hinzu.

»So? Hat er dabei vielleicht irgendetwas gesagt über einen Verdacht hinsichtlich des Todes von Fräulein Herterich?«

»Einen Verdacht?«

»Über das Boot, in dem sie die Todesfahrt gemacht hat, ist man ja jetzt unterrichtet. Aber ganz im Dunklen sind wir noch immer darüber, was die junge Dame denn zu dieser nächtlichen Fahrt überhaupt veranlaßt haben kann. Vielleicht hat Siemens danach forschen wollen.«

»Er hätte hier darüber jedenfalls nichts erfahren« sagte Frau Holsten. Sie war jetzt frei von der anfänglichen Unsicherheit. Frau van Berg war schweigend ein wenig weiter in den Schatten getreten.

»Es gibt noch andere Häuser hier am Wasser als nur das Ihre« entgegnete Berninger. »Die Nähe des Flusses ist für meine Vermutung das Entscheidende. Man könnte sich denken, daß ein Mann, der durch einen so geheimnisvollen Unfall seine Braut verloren hat, immer wieder zu dem Flusse hingezogen wird; daß er kein Mittel unversucht läßt, um herauszubringen —«

Das Signal eines Autos klang von der Straße herein. Berninger ging eilig zur Tür. Von draußen kam Sanitätspersonal mit einer Bahre herein, der Arzt mit ihnen, der den Krankenwagen unterwegs getroffen hatte. Nachdem alle den Raum betreten hatten, in dem Siemens lag, ging Frau van Berg leise hinaus.

Der Verwundete wurde nun kunstgerecht verbunden und auf die Bahre gelegt. Berninger fragte den Arzt halblaut nach dem Befunde; die Verletzung sei schwer, bekam er zur Antwort, aber nicht hoffnungslos. Dann setzten die Träger sich in Bewegung; Frau Holsten blieb allein in dem hinteren Zimmer. Als Berninger mit Nußbaum den vorderen Raum passierte, schrak er beinahe zurück vor einer schwarzen, aus einer finsteren Ecke auf ihn zutretenden Gestalt.

»Sie noch hier, gnädige Frau?«

»Jawohl. — Ich mußte wissen, was der Arzt gesagt hat. Wird er leben?«

»Dr. Mertens hofft es.«

»Vielen Dank!«

»Darf ich Sie nicht unter meinen Schutz nehmen?«

»Sie sind sehr gütig, — aber ich möchte noch ein paar Worte mit Frau Holsten sprechen.«

Berninger verabschiedete sich eilig. Als der Wagen fortgefahren war, begab er sich auf den Heimweg.

**Zehntes Kapitel**

Ärgerlich über den bisherigen Mißerfolg der Polizei, versuchte Berninger mit großem Eifer das Dunkel aufzuhellen. Siemens war mehrere Tage nicht vernehmungsfähig, und so mußte sich vorläufig die Nachforschung auf die Bewohner der Auenstraße beschränken. Die Tat war in einer noch nicht späten Abendstunde geschehen, und wenn auch die Gegend um diese Zeit meist sehr einsam war, hatten sich doch vermutlich noch einzelne Bewohner auf der Straße befunden. Ein paar von ihnen wurden auch gefunden und verhört. Leider aber zeigten sie sich sehr unbestimmt in ihren Bekundungen. Genaueres konnte nicht ermittelt werden; ein Zeuge für das Attentat selbst war nicht aufzufinden. So blieb auch hier wieder das verhaßte Dunkel bestehen, und Berningers einzige Hoffnung blieb es, daß von dem Überfallenen selbst etwas Bestimmtes ausgesagt werden könnte.

Nach vier Tagen war Siemens vernehmungsfähig, und Berninger begrüßte den Freund herzlich und freudig.

»Seit man mir die blaue Bohne glücklich herausgezogen hat,« sagte Siemens »geht es vorwärts mit mir. Natürlich bin ich noch sehr geschwächt, aber das wird sich schon geben. Ich hoffe auch, daß ich bald wieder in meine Wohnung übersiedeln kann.«

»Warum denken Sie daran schon jetzt? Sie sind hier doch vortrefflich aufgehoben.«

»Gewiß! Aber meine Geschäfte beunruhigen mich.«

»Mit Geschäften dürfen Sie sich jetzt nicht abgeben.«

Mit einem klugen Lächeln auf dem blassen Gesichte sah Siemens ihn an. »Sind Sie nicht selbst ein wenig in Geschäften hier, mein lieber Freund?«

Berninger mußte lachen. »Sie haben mich erkannt, ich muß es ehrlich gestehen. Und mir scheint, Sie sind frisch genug, um mir etwas auf die Sprünge zu helfen.«

»Sie haben recht, auch bestätigt es der Arzt.«

»So darf ich meinen Adlatus wohl hereinkommen lassen?«

Berninger ging zur Tür, und ließ Naumann, der draußen gewartet hatte, hereinkommen.

Dann sagte Siemens: »Viel Freude werden Sie nicht an meiner Vernehmung erleben. Ich weiß verflucht wenig von dem, was Ihnen wichtig erscheinen wird.«

»Berichten Sie mir vor allem, wie sich der Überfall abgespielt hat.«

»Ich ging, in Gedanken versunken, die Straße hinunter —«

»Sie sprechen von der Auenstraße, nicht wahr? Bitte, wie kamen Sie zu solcher Stunde dorthin?«

»Ich möchte den Grund meines Dortseins verschweigen dürfen. Der Überfall hat unmöglich etwas damit zu tun.«

»Trotzdem wäre mir dieser Punkt von Wichtigkeit.«

»Und ich möchte meine Bitte wiederholen, darüber schweigen zu dürfen.«

Eine Stille folgte; Berninger sagte sich in diesem Schweigen, daß er den immer noch Schwachen schonen müsse.

»Gut, lassen wir das für heute. Erzählen Sie mir für jetzt nur, wie die Sache passiert ist.«

»Wie gesagt, ich ging die Straße hinunter und hatte den Eindruck, völlig allein zu sein. Ich erschrak deshalb, als ich ein leises Geräusch hinter mir hörte. Während ich mich umwandte, stand auch schon eine Gestalt vor mir, und im gleichen Augenblick fiel der Schuß, der mich verwundete.«

»War der Täter ein Mann oder eine Frau?«

Der Befragte schien sich einen Augenblick zu besinnen, antwortete dann aber: »Das kann ich nicht sagen.«

Verwundert schüttelte Berninger den Kopf. »Nicht einmal das?«

»Nein! Ich habe das in der Dunkelheit nicht unterscheiden können. Wenn ich nachdenke, steht eine ganz undeutliche, schwarze Gestalt vor mir, ich sehe den erhobenen Arm, der Schuß blitzt auf, und unmittelbar hinterher war ich bewußtlos.«

Berninger schaute sinnend vor sich hin, Zweifel und Mißtrauen waren in seinen Augen. »Haben Sie nicht wenigstens eine Vermutung irgendwelcher Art, wer Ihnen aufgelauert haben könnte?«

»Am wahrscheinlichsten ist es mir, daß eine Verwechslung vorliegt, wodurch ich das Opfer eines unglücklichen Zufalls geworden bin.«

Er bat Berninger, ihm ein Glas Wasser zu reichen. »Ich habe meine Kräfte doch wohl überschätzt,« sagte Siemens dann mit müdem Lächeln. »Wenn Sie keine wichtigen Fragen mehr haben —«

»Jedenfalls will ich Sie jetzt nicht weiter quälen. Es gibt allerdings noch mancherlei, was Aufklärung verlangt, aber das kann für ein andermal bleiben.«

Er verabschiedete sich mit nachdenklicher Freundlichkeit und ging mit seinem Begleiter hinaus. Während sie die Treppe hinunterstiegen, sagte Naumann halblaut vor sich hin: »Ein treuer Knecht war Fridolin —«

Berninger schaute auf: »Was reden Sie da wieder, Phantasus?«

Der andere lachte leicht: »Ich wollte nur meinem Gedächtnis nachhelfen, weil ich nicht gleich auf einen Vers kommen konnte. Jetzt weiß ich ihn: ›Herr, dunkel war der Rede Sinn‹ —«

»Wahrhaftig, dunkel war seine Rede, da haben Sie recht!«

Plötzlich wurde er sehr ernst. »Es wird mir immer klarer, Naumann, wir bewegen uns in einem Kreise von Geheimnissen und Verbrechen. Wir müssen dieses Kreises Mittelpunkt finden, und wir haben alle Geheimnisse gelöst.« —

* * *

Ein Zusammenbruch der Nerven war nach den Aufregungen über den Maler Grothof gekommen. Er hielt sich fast immer zu Hause, den Verkehr mit Menschen angstvoll meidend. Meist lag er still hindämmernd auf einem Divan seines Ateliers.

In solcher Abspannung lag er auch eines Abends mit geschlossenen Augen; und in einem leichten Zucken der Hände kündigte nahender Schlaf sich an, als ein leises Pochen an der Tür ertönte. Er fuhr empor und sprang hastig auf, als die Tür sich auftat, ohne daß er »Herein« gerufen hatte, während eine weibliche Gestalt in der Dämmerung sichtbar wurde. Sie schloß hinter sich die Tür und stürzte dann auf den Maler in fliegender Eile zu, dessen Körper sie mit ihren Armen umklammerte.

»Bei dir, — Gott sei Dank! Du mußt mir helfen, mich retten. Sie will mich töten, und ich will nicht sterben!«

»Du hier? Was ist geschehen?«

»Geh, sieh hinaus!« flehte Frau van Berg, halb gelähmt vor Angst. »Sieh nach, ob sie mir nicht nachgekommen ist. Verschließe die Tür, sie soll nicht herein!«

Er gehorchte der Bitte, während er noch einmal fragte: »Was ist geschehen? Ich kenne dich nicht wieder in deiner Angst.«

»Ich kenne mich selbst nicht. Aber ich weiß, daß ich sterbe, wenn ich sie noch einmal sehe. — Oskar, die Toten stehen auf!«

Den Maler wieder hilfesuchend umfassend, fiel sie jetzt vor ihm nieder auf die Knie.

»Ich will es dir sagen, du sollst alles wissen. Aber laß mich bei dir bleiben!«

»Komm zu dir! Setze dich nieder und erzähle.«

»Ich habe sie gesehen vor einer halben Stunde. Sie hat mich fortgejagt aus meinem Hause, hierher zu dir.«

»Du sprichst von —«

»Von Erna Herterich. Wir haben sie doch begraben da draußen, und ich habe sie dennoch heute gesehen. Es war unten in dem großen Gartenzimmer. Als ich hinaufgehen wollte, fiel mein Blick auf eins der Fenster. Da stand sie draußen hinter den Scheiben und schaute mich an und hielt ihr brennendes Herz in den Händen.«

»Ihr brennendes Herz?«

»Dieses gräßliche Leuchten! — Er hat es mir neulich schon gezeigt, er steht auch im Tode noch mit ihr im Bunde. Sie wollen mich verderben, sie wollen mich töten!«

»Jetzt nimm dich zusammen! Sprich ruhig, — oder laß mich allein.«

»Das nicht, nur das nicht! Schlage mich, tritt mich mit Füßen, aber laß mich bei dir bleiben. Ich sterbe, wenn du mich heute von dir stößt!«

Sie hatte sich wieder an ihn angeklammert und zog ihn nieder auf den Diwan. Er aber wehrte sie von sich ab.

»Wenn ich dir raten kann, ich will es tun um alter Zeiten willen. Darüber hinaus gibt es nichts mehr zwischen uns. Ich war in einem Rausch, und bin aufgewacht, — er kommt niemals wieder.«

»Deine Liebe war mehr als ein Rausch. Du warst glücklich durch mich und kannst es wieder sein.«

»Laß das ruhen. Es ist so tot wie die Tote, von der du sprichst.«

»Bedeutet es nichts, gar nichts, wenn ich dir sage — ich, eine Frau, die Hunderte bewundern, — ich liebe dich und nur dich allein? — Ich war leichtsinnig, das weiß ich gut genug. Aber durch dich ist über mich die große, wahre Liebe gekommen —«

»Und ich sage dir, du kannst überhaupt nicht lieben. Das große, veredelnde Gefühl, du hast es niemals gekannt. Daß ich es auch zu spät erst kennen lernte, das war mein Unglück. Ich habe mich durch dich täuschen lassen, aber die Wahrheit ist mir aufgegangen. Ich war dir nichts als ein Spielzeug; du hättest es gleichgültig fortgeworfen, wenn du seiner müde geworden wärest. Aber weil es dir vorher fortgenommen wurde von anderer Hand —«

»Jawohl, du bist mir geraubt worden, und ich ertrage das nicht. — Ist es dir nicht bewußt, was ich für dich getan habe?«

Der Maler fuhr vor ihr zurück: »Du hast meine Braut ins Elend getrieben, du hast mir genommen, was ich in Wahrheit liebte —«

»Sag das nicht; ich kann es nicht hören, wenn du von einer anderen Liebe sprichst. Ist alles denn vergessen, was du mir, hier in diesen Räumen gesagt hast? Hier hat es angefangen, unser Liebesglück, hier sind wir glücklich gewesen. Diese Wände, diese Bilder haben es gesehen. Du bist mein gewesen und sollst es wieder sein.«

»Laß mich, geh! — Ich will nichts mehr hören; ich habe deinen Zweck erkannt. Alles ist nur Komödie, — deine angebliche Todesangst war nichts als ein Vorwand für diesen Uberfall. Erna Herterich liegt still im Grabe, sie kommt nicht wieder.«

»Doch, doch, ich habe sie gesehen. Ich hatte sie nur für einen Augenblick vergessen; du hast sie wieder gerufen. Sie steht vor mir und schaut mich an, — hab' Erbarmen und rette mich vor diesem gräßlichen Anblick. Behalte mich hier diese Nacht —«

»Ah, darauf läuft es hinaus? Jetzt wollen wir dem Spiel ein Ende machen.«

Er sprang auf, stellte sich drohend vor sie hin. »Vergiß nicht, was du mir getan hast. Und sei gewiß: ich vergesse dir das niemals. Du bist schuld, wenn meine Braut fälschlich angeschuldigt worden ist; um deiner Verleumdung willen ist sie geflohen, hilflos, allein in die grausame Welt hinaus. Und ich verzehre mich in Sehnsucht nach der Verlorenen —«

»In Sehnsucht nach einer Mörderin!« schrie sie fassungslos auf in wilder Wut.

»Schweig! Jetzt ist meine Geduld erschöpft!«

Er ging zur Tür und riß den Flügel auf. »Hinaus! Und ich sage dir als letztes Wort: einer Mörderin bin ich vielleicht niemals näher gewesen als in dieser Stunde!«

Sie stieß einen dumpfen Laut von Angst und Schrecken aus, hob die Hände, wie zur Abwehr, wollte sprechen, — doch die Stimme versagte, die Hände sanken ihr herab. Scheu zur Seite weichend, glitt sie dann langsam zur Tür und hinaus.

# Elftes Kapitel

Siemens' Sehnsucht, wieder in seine Wohnung überzusiedeln, hatte schließlich das Herz des Arztes erweicht. Er hatte den Genesenden freigegeben unter der Bedingung, daß eine der Krankenschwestern ihn dort weiter pflege. Der Patient hatte sich die Schwester Luise dazu ausgewählt, ein zierliches Wesen mit einem Madonnengesichtchen. Geräuschlos glitt sie durch die Zimmer, immer vorhanden, wenn sie nötig war, diskret verschwindend, wenn man ihrer nicht bedurfte.

Der helle Vormittag drang in seinem Frühlingslichte verheißungsvoll ins Krankenzimmer hinein. Siemens lag angekleidet auf einem Diwan, in seinen Zügen war erwartungsvolle Spannung.

»Hat es nicht eben geläutet, Schwester?«

Sie lachte fröhlich auf. »Immer noch nicht, Herr Doktor. Sie sind heute wirklich wie ein Kind vor Weihnachten.«

Dann aber ertönte die Glocke, die den erwarteten Besucher meldete. »Herr Grothof, nicht wahr?« fragte Schwester Luise zur Sicherheit.

Es dauerte nicht lange, bis die Tür sich auftat für den Maler. Grothof blieb in der Nähe der Tür stehen, sah schweigend auf Siemens und sagte dann mit unsicherer Stimme: »Sie haben mir geschrieben.«

»Das tat ich. Bitte, setzen Sie sich hierher. Was wir einander zu sagen haben, muß leise gesprochen werden.«

Ein Stuhl stand nahe bei seinem Lager. Widerstrebend ging der Maler dorthin und setzte sich. Dann wartete er, bis der andere wieder begann.

»Es ist ein schweres Mißverständnis, das ich aufklären muß. Ein Mißverständnis, unter dem wir beide haben leiden müssen.«

»Mißverständnis ist eigentlich nicht ganz das rechte Wort. Es handelt sich um ein Geheimnis, das ich bis jetzt bewahren mußte. Das Mißverständnis war erst die Folge davon.«

Überlegend schwieg er einen Augenblick, um dann zu fragen: »Wundern Sie sich nicht, Herr Grothof, daß es Ihnen heute möglich war, hierherzukommen?«

»Weshalb soll ich mich wundern?«

»Weil von Rechts wegen ein paar feste Mauern und noch festere Gitter zwischen Ihnen und mir liegen sollten.«

»Was meinen Sie damit?«

»Spielen wir doch keine Komödie mit einander. Sie haben den Schuß auf mich abgegeben, an dessen Folgen ich noch leide; ich habe Sie deutlich erkannt, — Sie säßen heute, wenn ich nicht geschwiegen hätte, im Untersuchungsgefängnis.«

Der Maler hatte den Kopf tief gebeugt; nach einer Pause hob er ihn energisch in die Höhe.

»Wenn ich alles dies zugeben wollte, — weshalb haben Sie geschwiegen?«

»Ich tat es, weil mir Ihr Unglück ohnedies bereits groß genug erschien. Ich habe geschwiegen aus Mitleid.«

»Ich will von Ihnen kein Mitleid.«

»Sagen wir Mitgefühl, wenn das Wort Sie verletzt.«

»Mitgefühl oder Mitleid, ich weise beides zurück. Sie sprechen von meinem Unglück, — jawohl, ich bin grenzenlos unglücklich; und ich bin es durch Sie.«

»Nach Ihrem Glauben, ja. — Wenn dieser Glauben aber falsch wäre?«

»Wie sollte das möglich sein? Ich weiß viel mehr von dem, was geschehen ist, als Ihnen erwünscht sein kann.«

»Sie wissen trotzdem nur Falsches.«

Der Maler legte die bebende Faust auf den Tisch. »Wie, nennen Sie es falsch, daß meine Braut von Ihnen verfolgt, fortgeschafft,' versteckt worden ist? Nennen Sie es falsch, daß ein Kind von ihr im Hause der Frau Preger da draußen verborgen gehalten wird, und nennen Sie es falsch, wenn ich in Ihnen den Vater des Kindes erblicke?«

»Jawohl, Herr Grothof, das alles ist falsch. — Was ich Ihrer Braut angetan haben soll, das konnte nur mit einer Lebenden geschehen.«

Grothof beugte sich weit zurück. Die Lippen zuckten ihm.

»Es ist eine der schwersten Aufgaben, Ihnen sagen zu müssen, was jetzt gesagt werden muß. Wenn Sie von Ihrer Braut sprechen, so sprechen Sie von einer Toten.«

Wie gelähmt blieb Grothof einen Augenblick sitzen, dann sprang er empor.

»Also gestehen Sie es ein? Ich habe es gefühlt und habe doch immer wieder gezweifelt. Sie geben mir heute die Rechtfertigung für das, was ich an Ihnen getan habe. Dem Mörder meiner Braut hat mein Schuß gegolten, und ich beklage nur das eine, daß ich Sie heute noch lebendig sehe.«

»Danken Sie lieber Gott! — Ich habe nichts getan, als Ihrer Braut beizustehen und ihr zu helfen. Einer der unglücklichsten Zufälle hat meine Pläne vereitelt. Sie war es, die das Boot von Frau Preger an dem verhängnisvollen Abend benutzte, sie hat in ihrer Todesangst das Fahrzeug vor den herankommenden Dampfer gelenkt und ist so dem Unglück zum Opfer gefallen. In dem Grabe, das angeblich die Leiche meiner Braut aufgenommen hat, liegt niemand anders als Berta Haverland.«

»Und ich soll dieses Märchen glauben? — Sie haben an dem offenen Grabe Fräulein Herterichs gestanden und wagen es, mich so zu belügen?«

Langsam antwortete Siemens: »Ihre Zweifel sind vollkommen verständlich. Aber trotzdem bleibt es Wahrheit, was ich gesagt habe. Meinen Worten wollen Sie nicht glauben, so glauben Sie den eigenen Augen.«

Siemens klopfte zweimal mit dem Stuhl auf den Fußboden. — In der Tür erschien eine schwarzgekleidete Frauengestalt. Sie trat auf den Maler zu, während sie leise weinend sagte:

»Armer Herr Grothof!«

Wie vor einer übernatürlichen Erscheinung wich er vor ihr zurück.

»Sie — Fräulein Herterich? — Das ist nicht wahr — das ist nicht möglich!

Wie zu steinernen Bildern erstarrt, standen die beiden für ein paar Sekunden einander gegenüber. Dann durchlief ein Beben Grothofs Körper.

»Sagen Sie mir — wenn Sie — wirklich leben, — was ist aus meiner Braut geworden?«

Erna gab nur Antwort, indem sie Schultern und Hände langsam hob und gleich wieder schwer herabsinken ließ. Es war eine stumme Verkündigung.

Der Maler verstand ihre Bewegung. Laut schluchzend barg er sein Gesicht im Polster eines Sessels. Nur sein Weinen unterbrach für eine Weile die Stille. Dann trat Erna zu dem Niedergebrochenen und legte die Hand auf seine Schulter.

»Armer Herr Grothof, hören Sie mich an. Ich kann Ihnen Ihren Schmerz nicht abnehmen, ich kann ihn nur teilen. Lassen Sie mich Ihnen erklären, was geschehen ist; Sie werden dann wenigstens einsehen, daß wir nicht Ihre Feinde sind sondern zwei teilnehmende Freunde.«

Schwerfällig und langsam raffte sich der Maler auf. Erna setzte sich neben ihn.

»Mein Verlobter und ich haben eine große Schuld an Ihnen gutzumachen, weil wir Ihnen so lange die Wahrheit nicht gesagt haben. Aber es handelte sich um die Sicherheit meines Lebens.«

»Ihres Lebens?« Wie träumend, blickte der Maler auf ihre Lippen.

»Jawohl. Sie müssen wissen, Ihre Braut und ich hatten einen gemeinsamen Feind oder vielmehr eine gemeinsame Feindin.«

»Wer war das?«

»Frau van Berg.«

»Sie!«

»Ich war zufällig in der Villa an dem Abend, als der Mord begangen wurde. Meine Kusine war ausgegangen, Berta sehr beschäftigt, so ließ ich mich bei dem kranken Herrn van Berg melden und leistete ihm eine Weile Gesellschaft. Beim Fortgehen sprach ich noch ein paar Minuten mit Berta. Sie war gerade im Gartenzimmer, weil sie Herrn van Bergs Medizin zurechtmachen wollte. Auf meinen Wunsch rief der Diener sie heraus, damit ich von ihr Abschied nehmen konnte. Dann ging ich in den Garten hinaus. Und hier geschah das, weswegen ich mir die tödliche Feindschaft meiner Kusine zuzog.«

»Sie war ja doch damals nicht in der Wohnung.«

»Das ist nicht wahr. — Ich habe sie gesehen, als ich aus der Haustür in den Garten trat. Sie kam aus der für Lieferanten bestimmten Tür neben dem Gartenzimmer. Ich habe sie deutlich erkannt; sie trat vorsichtig ans Fenster, um hineinzuschauen. Dann ging sie sehr eilig fort, nach der Straße zu. Sie war nun im Dunkeln, und ich konnte sie nur noch sehr undeutlich sehen. Aber mir schien es, als ob sie einen Arm nach dem Gesträuch zu heftig hob und senkte; jedenfalls klang der Ton eines fallenden Glases — vermutlich des Morphiumglases — gleich darauf zu mir herüber. Ich habe mich damals nicht weiter darum bekümmert und sie ruhig fortgehen lassen. — Mich hat sie sicher nicht bemerkt.«

Grothof umfaßte seine Stirn mit einer Hand.

»Sie hat aber doch gesagt, in dem Gartenzimmer hätte Berta das Gift gemischt für Herrn van Berg?«

»Das hat sie gesagt. Und über Berta hergefallen ist sie; sobald sie nach Hause kam, hat sie vor der Dienerschaft eine Mörderin gescholten und hat gleich zur Polizei geschickt, um sie verhaften zu lassen.«

»Ich weiß, ich weiß. Und ich bin fertig mit ihr seit jenem Tage. Wer Berta eine Mörderin schelten konnte —«

»Der war ein Dummkopf oder ein Bösewicht,« fiel ihm Erna leidenschaftlich ins Wort. »Sie, die Gute, Liebe, Weiche, war unfähig, auch nur den Gedanken an ein Verbrechen zu fassen.«

»Haben Sie tausendmal Dank für dieses Wort!« sagte Grothof, indem er ihre Hand ergriff und sie küßte.

»Ich habe das gewußt vom ersten Augenblick an, als ich von dem Geschehenen hörte; mehr noch, als ich erfuhr, daß meine Kusine leugnete, damals im Hause gewesen zu sein. Das erschien mir ungeheuer belastend, und ein schwerer Verdacht entstand in mir gegen sie. So ging ich hinaus am nächsten Morgen und suchte im Garten lange nach dem Glase, das ich hatte fallen hören, weil es einen Beweis ihrer Schuld geben konnte. Mein Suchen war leider vergeblich, aber ich ging dann doch ins Haus und stellte sie zur Rede, sagte rund heraus, was ich gesehen hatte, und was ich daraus folgerte. Sie leugnete empört, und ich mußte mir sagen, daß ein tatsächlicher Beweis mir fehle.«

»Ja, schilt mich wegen meiner Unbesonnenheit. Aber ich bin dafür genügend bestraft worden. Ich werde niemals das bösartige Leuchten in den Augen meiner Kusine vergessen, als ich ihr meinen Verdacht offen aussprach, vor allem, als ich ihr vorwarf, sie hätte die Tat begangen, um frei zu werden für Sie. Daß ich ihr sagte, Sie liebten Berta, Sie gehörten Berta, Sie sollten glücklich werden mit ihr, und ich würde sie rücksichtslos dem Gericht anzeigen, wenn sie das hinderte — das traf sie, wie mir schien, von allem am schwersten. Und sie hat ihren Haß rasch in die Tat umgesetzt.«

»Wodurch? Was hat sie getan?«

»Am nächsten Tage schon bekam ich einen Brief. Er war gefälscht und lockte mich nach der Auenstraße. Am Abend ging ich hin. Ich tat es in den Kleidern Ihrer Braut.«

»In Bertas Kleidern? Wie sind Sie dazu gekommen?«

»Ich habe vergessen zu sagen, was noch am Abend vor Bertas Flucht geschehen war. Sie wissen, sie entfloh durch das Fenster ihres Zimmers. Sie war halb wahnsinnig vor Angst, weil man ihr an dem Giftmord schuld gab. So kam sie zu mir gestürzt.«

»Ich hätte sowieso niemals an ihre Schuld geglaubt, und aus diesem Gefühl heraus, in tiefster Empörung bin ich am nächsten Morgen dann zu meiner Kusine gegangen. Ich hatte mit Berta besprochen und überlegt, wie wir sie flüchten lassen und retten könnten. Sie hatte auf meinen Rat Kleider von mir angelegt und ließ ihre Kleider bei mir. Auch gab ich ihr Legitimationspapiere, damit sie für mich gelten könnte. Dann lief ich hierher zu meinem Verlobten, um auch ihn zu Hilfe zu rufen, und ich habe Berta mit ihm zusammen beredet, in das Haus am Hafen zu gehen und sich von der Besitzerin ein Boot zu leihen für die weitere Flucht.«

»Von Frau Preger, nicht wahr?«

»Sie wissen von ihr?«

»Ja, ja. Dort ist ja — sagen Sie — das Kind?« —

»Es ist Bertas Kind. Sie müssen jetzt alles wissen. Sie war kurze Zeit verheiratet. Aber ihr Mann war ein Taugenichts, er beging Wechselfälschungen, wurde verurteilt und starb im Gefängnis.«

»Ihr Kind also wirklich!«

»Sie hat unter ihrem traurigen Schicksal furchtbar gelitten, hat ihren Mädchennamen wieder angenommen und von ihrer unglücklichen Ehe hier niemals gesprochen. Sie schämte sich so sehr, und Ihnen vor allem sollte die Sache verheimlicht werden. Denn Sie hat Berta geliebt mit ganzem Herzen und mit ganzer Seele.«

»Mein armes Kind! Aber wie — sagen Sie mir nun, wie sie gestorben ist.«

»Wir schickten sie zu Frau Preger, weil wir wußten, die würde schweigen. Auch fürchteten wir, daß die Polizei den Bahnhof überwachen würde. Frau Preger aber besaß ihres verstorbenen Mannes Boot. In dem sollte Berta ans andere Flußufer hinüberrudern und weiter nach einer benachbarten Bahnstation flüchten. Bei der Ankunft in Frau Pregers Haus aber ist sie völlig zusammengebrochen und hat nicht weiter gekonnt. Zwei Tage hat sie dort gelegen, krank und verzweifelt.«

»Erst am Abend des zweiten Tages hat sie den Fluchtversuch im Boote gemacht. Aber die Furcht hat ihr jede Besinnung genommen, und so hat sie solch furchtbares Ende finden können.«

Leise klang des Malers Weinen in eine tiefe Stille hinein, bis er sich selbst unterbrach: »Aber sie hat mir doch noch geschrieben. Wissen Sie nichts von dem Briefe, den ich ein paar Tage später bekam?«

»Ich hörte von ihm durch Frau Preger« sagte Siemens. »Ihre Braut hat ihn geschrieben, ehe sie den unglücklichen Fluchtversuch machte. Sie hat aber Frau Preger befohlen, ihn erst nach einigen Tagen abzusenden.

»Sie wissen jetzt,« begann Erna wieder »woher ich Bertas Kleider bekam. Ich hatte sie bei mir aufbewahrt und wählte sie, weil ich in der dortigen Gegend nicht gern erkannt werden wollte, zu dem abendlichen Gange nach der alten Mühle an der Auenstraße. Bevor ich aber dorthin ging, bin ich noch einmal hierhergekommen; ich wollte Herrn Siemens um Rat fragen, ob ich wirklich gehen sollte. Leider war er nicht hier. Vor dem Hause bin ich in Bertas Kleidern gesehen und für sie gehalten worden.«

»Sie also, — Sie sind es gewesen!«

»Laß mich das übrige berichten, Erna. Du sollst nicht noch einmal das Entsetzliche durchleben, indem du es erzählst. — In der Mühle dort wohnt eine frühere Jungfer von Frau van Berg; sie hat sich offenbar ihre Mithilfe gesichert. Ob sie selbst es war oder diese Frau, die verkleidet als altes Weib meine Braut nach der Mühle brachte, wissen wir nicht genau. Vermutlich war es Frau van Berg selbst. Im ersten Räume der Mühle ist eine Falltür, an der heimtückisch der Verschluß entfernt worden war. Erna wurde veranlaßt, gerade dorthin zu treten, die Falltür wich unter ihren Füßen, und sie stürzte in den Fluß.«

Ein Schauder überlief Ernas Körper bei dem Gedanken an den furchtbaren Augenblick; in Grothofs Augen versiegten die Tränen und machten einem Ausdruck wütenden Zornes Platz.

»Wäre nicht Erna eine gute Schwimmerin, wir hätten uns lebend nicht wiedergesehen.

»So konnte sie sich retten und ist dann gleich hierhergestürzt, um Schutz und Rat bei mir zu suchen. Ich bin rasch mit ihr nach Hause gegangen; so kamen Berta Haverlands Kleider wieder dorthin, und ich habe sie später in den Fluß werfen lassen, damit kein Verdacht auf meine Braut fiele.«

Lebhaft nickte Grothof ein paarmal zu diesen Worten.

»Mit Erna ging ich zu Frau Preger hinaus, wo sie für die Nacht bleiben sollte. Berta hatte, erst halb genesen, das Haus kurz vorher verlassen. Dann am nächsten Tage fuhr meine Braut an die Schweizer Grenze, wo sie Verwandte hatte. Das wäre vielleicht hinreichend gewesen, um sie vor einer neuen Verfolgung durch ihre Kusine zu sichern, aber wir hatten alle zwei den Kopf ein wenig verloren; auch ich, der sogenannte kühle Jurist. Wir hatten für den Augenblick nur den einen Gedanken, sie vor der Welt als verschwunden und verunglückt gelten zu lassen; ich habe sogar zugegeben, daß man die Leiche Ihrer Braut als die von Erna Herterich begrub. Inzwischen haben sich unsere Nerven wieder beruhigt. Erna hat es gewagt, auf die Zeitungsnachricht von meiner Verwundung hin zu meiner Pflege sofort hierherzukommen; unter meiner Obhut und unter der meiner guten Schwester Luise wird ihr hier nichts geschehen. Ich kann die Verbrecherin jeden Augenblick verhaften lassen. Ein Beweis für den Mordversuch ist in meiner Hand.«

»Sagen Sie, welcher Beweis?«

In die Taschen greifend, holte Siemens ein paar Papiere hervor. »Ich habe den Brief, durch den meine Braut nach der Mühle gelockt wurde, hier im Original, hier eine Kopie davon. Der Brief ist von Frau van Berg auf ihrer Schreibmaschine geschrieben worden, wie die von mir selbst auf der gleichen Maschine gemachte Kopie beweist. Einer der Buchstaben daran ist beschädigt, und in der Abschrift hat sich dieser Fehler genau wiederholt.«

Grothof nahm und musterte die Papiere; sein erneutes Nicken bewies neue Zustimmung. Dann hob er hastig den Kopf. »Aber warum lassen Sie das Weib nicht verhaften?«

»Weil dies nur der Beweis ist für den Mordversuch; ich will auch den Beweis für den Mord.«

»Glauben Sie, daß er möglich ist?«

»Ja, davon bin ich überzeugt.« Er erklärte dem Maler seinen Plan, und dann verabschiedete sich dieser.

## Zwölftes Kapitel

In dem kleinen Zimmer hinter dem vorderen Raum der Mühle gelang es dem Maler Grothof, von Frau Holsten volle Aufklärung zu erlangen. Aus Angst vor der Polizei gestand die Frau, die an dem Mordversuch augenscheinlich unschuldig war, in welcher Weise sie Frau van Berg behilflich gewesen war. Eine kühne Frage Grothofs lockte auch das Geständnis aus ihr heraus, daß sie das Morphium für Frau van Berg besorgt und es ihr ausgehändigt hatte. Befriedigt ging der Maler; er hatte genug gehört.

Als er fort war, schien Frau Holsten zur Besinnung zu kommen. Aus einem Kasten holte sie Geld hervor, so viel darin vorhanden war, warf sich ein Tuch über die Schultern und eilte zur Tür hinaus, die sie hinter sich verschloß. Fast laufend gelangte sie zu der nächsten, größeren Verkehrsstraße, winkte dort ein Auto herbei, stieg ein und wurde mit Eile dem Ziel entgegengetragen, das der Wagenführer von ihr gehört hatte.

Fast nicht minder eilig als Frau Holsten ging der Maler durch die Straßen. Aber der Weg zur Polizeidirektion war weit. Berninger war zugegen, und mit fliegender Hast erzählte Grothof dem gespannt Aufhorchenden, was er getan und erreicht hatte.

Der Beamte nickte befriedigt. »Ein Verdacht gegen die schöne Frau war schon länger in mir. Sie haben den Beweis geliefert, und ich bin Ihnen von Herzen dankbar. Ich fülle sofort einen Haftbefehl aus, wir müssen jetzt rasch sein. Kommen Sie mit mir hinaus in die Villa van Berg oder...?«

Wenige Minuten darauf saßen die beiden in Begleitung von zwei Beamten in einem Auto, das in rasendem Tempo der Villa zujagte.

Grothof und Berninger verließen allein den Wagen, und auf ihr Läuten öffnete der Diener die Tür, der mit einem bedauernden Achselzucken erklärte, daß Frau van Berg vor wenigen Minuten erst im Auto fortgefahren sei.

»Haben Sie das Auto geholt?«

»Nein, es wartete hier vor der Tür.«

»Wer war darin gekommen?«

»Die frühere Jungfer der gnädigen Frau, die jetzt an den Müller Holsten verheiratet ist.«

»Sind sie zusammen fort?«

»Ja. Die Frau Holsten war nur ein paar Minuten hier, dann sind sie mit einander fortgefahren.«

»Wohin, — wissen Sie das?«

»Nein, ich habe das nicht gehört.«

Berninger, der die Fragen an den Diener gestellt hatte, wandte sich zu Grothof. »Kommen Sie, — schnell!«

»Wohin?« fragte der Maler beim Einsteigen.

»Zur Mühle. Vielleicht finden wir die beiden am ersten dort.«

Mit noch größerer Geschwindigkeit als vorher jagte das Auto dahin.

»Vor uns ein Auto!« rief der eine Beamte, ohne sich umzuwenden. Dann wieder nach ein paar Sekunden: »Es hält, — vor der Mühle hält es. Zwei Frauen sind ausgestiegen und hineingegangen.«

Die Herzen der Verfolgenden klopften im Takte mit ihrem vorwärtsjagenden Auto. Jetzt ein Ruck, ein Halt, sie sprangen aus dem Wagen, sie waren am Ziel.

Grothof riß die Tür der Mühle für Berninger auf, sie traten zusammen ein. Es war jetzt bereits dämmerig, und in dem weiten, vorderen Räume nahmen Menschen und Sachen undeutlich verschwimmende Formen an. Aber die Gesuchten waren da, zwei vor den Eintretenden angstvoll zurückweichende Schattengestalten, die sich ins tiefste Dunkel verkrochen. Frau van Berg hatte sich rechtshin zurückgezogen, Frau Holsten stand mit hilfeflehend gerungenen Händen an der hinteren Wand.

»Nun, ist heute der Boden hier fest?« fragte Berninger eintretend, indem er mit einem Fuß auf die geschlossene Falltür stampfte. »Man soll ja hier mit ganz besonderen Menschenfallen arbeiten. Wissen Sie nichts darüber, Frau van Berg?«

Von der Schattengestalt aus der tiefen Dunkelheit kam kein Laut herüber, man hörte nur Frau Holstens leises Weinen.

»Sie werden schon sprechen lernen müssen, Frau van Berg. Wir haben einander mancherlei zu sagen. Aber wir tun das besser an einem helleren Ort. Ich ersuche Sie daher, mir zu folgen.

Wieder ein Schweigen, wieder nur der stumme Schatten in der Dunkelheit.

»Ich muß wohl deutlicher sprechen. Frau van Berg, ich verhafte Sie wegen schweren Verdachts, Ihren Ehemann ermordet zu haben.«

Jetzt endlich ein Ton, der Klang von über den morschen Boden hinspringenden Füßen. Vorschnellend stürzte der Schatten auf Grothof zu.

»Du, du hast mir dies angetan! Du bist ja hundertmal schuldiger als ich. Was ich getan habe, tat ich aus Liebe zu dir. Jawohl, ich habe gemordet, aber ich tat es, weil ich dich liebte. Dich wiederzuhaben, war mir kein Mittel zu schlecht. Auch du hast mich geliebt und bringst es über das Herz, mich zu verraten. Schäme dich, schäme dich!«

»Genug« rief Berninger mit lautem Befehl. »Verhaften Sie diese Frau.«

Sie stand für einen Moment ganz ruhig, als der Beamte auf sie zutrat; sie schien ihm willig folgen zu wollen. Als er aber bereits nahe vor ihr war, glitt sie mit Schlangengewandtheit vor seinen aufgehobenen Händen zurück, war mit einem Satz an der Seitenwand, wo sie vorhin gestanden hatte, riß eine kleine Tür auf und sprang ins Freie hinaus. Mit ungeheurer Schnelligkeit schob sie draußen einen Riegel an der Tür vor, daß der Beamte ihr nicht folgen konnte.

Die Flüchtige befand sich in einem schmalen Gange, der nach der einen Seite zur Straße hinauf, nach der anderen zum Flusse hinabführte. Sie wandte sich in verzweifeltem Laufe linkshin, wo ein hölzerner Steg an der Hauswand entlang führte. Mitten darauf zog eine schmale Latte sich von der Wand nach dem Geländer hinüber, eine stumme Warnung, den Steg nicht weiterhin zu betreten. Aber die Verzweifelte mißachtete die Warnung. Sie warf sich gegen das leichte Holz, durchbrach es mit rasendem Anprall, daß es krachend in Splitter ging und ihr den Weg freigab. Doch indem es geschah, schien das leise Krachen ein vielfaches Echo zu wecken. Die morschen Bohlen bogen sich, wichen unter ihren Füßen, brachen zusammen und ließen den haltlosen Körper hinuntergleiten in die Flut. Ein lauter Schrei noch, dann war alles vorüber.

* * *

Als Erna neben ihrem Gatten am ersten Tage nach ihrer Hochzeit in dem behaglichen Wohnzimmer saß, das ihr wie das ganze Haus bisher allein gehört hatte, nun aber ihr gemeinsames Heim geworden war, da griff sie mitten aus einem törichten Liebesgespräch heraus nach einem Buche, das vor ihr auf dem Tische lag.

»Höre, das muß ich dir noch vorlesen. Ich las diesen Vers hier in der größten Gefahr, der furchtbarsten Stunde meines Lebens, als ich dem Tode so nahe war wie nie zuvor. Damals waren die Worte meines Dante mir nur die Verheißung eines geträumten Glückes, das in Wahrheit noch durch einen schwarzen Abgrund von mir getrennt war. Jetzt aber sind sie Wirklichkeit geworden. Wenn ich so neben dir sitze, wenn ich dich ansehe, wenn du mich in deine Arme nimmst, ist es mir, als wenn ich immer wieder diesen Paradiesvers laut hinausrufen müßte:

>O Lust, o unnennbare Seligkeit!
O friedenreiches, lieberfülltes Leben!
O sichrer Reichtum, ohne Wunsch und Neid!«

Er zog sie mit aufstrahlenden Augen leidenschaftlich ganz nahe zu sich heran und wiederholte leise, mit verhaltenem Jubel:

*Ende.*

9 788027 319374